광염 소나타

광염 소나타
한국 근대 단편 소설 텍스트힙

초판 3쇄 발행 2025년 10월 15일

지은이 · 김동인

펴낸곳 · 칼로스 │ 출판등록 · 2020년 12월 8일 (제2020-000022호)
이메일 · uranos711@naver.com

ISBN 979-11-987612-5-5(03810)

kalos

광염 소나타

김동인 지음

kalos

목차

광
염

소
나
타

독자는 이제 내가 쓰려는 이야기를, 유럽의 어떤 곳에 생긴 일이라고 생각하여도 좋다. 혹은 사실 오십 년 뒤에 조선을 무대로 생겨날 이야기라고 생각하여도 좋다. 다만, 이 지구상의 어떠한 곳에 이러한 일이 있었는지도 모르겠다, 있는지도 모르겠다, 혹은 있을지도 모르겠다, 가능성뿐은 있다—이만치 알아두면 그만이다.

　　그런지라, 내가 여기 쓰려는 이야기의 주인공 되는 백성수白性洙를 혹은 알벨트라 생각하여도 좋을 것이요 짐이라 생각하여도 좋을 것이요 또는 호모胡某나 기무라모木村某로 생각하여도 괜

찮다. 다만 사람이라 하는 동물을 주인공 삼아 가지고 사람의 세상에서 생겨난 일인 줄만 알면 ......

이러한 전제로써, 자 그러면 내 이야기를 시작하자.

◆

"기회(찬스)라 하는 것이 사람을 망하게도 하고 흥하게도 하는 것을 아시오?"

"네, 새삼스러이 연구할 문제도 아닐걸요."

"자, 여기 어떤 상점이 있다 합시다. 그런데 마침 주인도 없고 사환도 없고 온통 비었을 적에 우연히 그 앞을 지나가던 신사가—그 신사는 재산도 있고 명망도 있는 점잖은 사람인데—그 신사가 빈 상점을 들여다보고 혹은 이렇게 생각할 수도 있지 않아요? 통 비었으니깐 도적놈이라도 넉넉히 들어갈 게다, 들어가서 훔치면 아무도 모를 테다, 집을 왜 이렇게 비워 둔담…… 이런 생각 끝에 혹은 그 그 뭐랄까 그 돌발적 변태 심리로써 조그만 물건 하나(변변치도 않고 욕심도 안 나는)를 집어서 주머니에 넣는 경우가 있을지도 모르지 않겠습니까?"

"글쎄요."

"있습니다, 있어요."

어떤 여름날 저녁이었다. 도회를 떠난 교외 어떤 강변에 두 노인이 앉아서 이런 이야기를 하고 있었다. 그 기회론을 주장하는 사람은 유명한 음악비평가 K씨였다. 듣는 사람은 사회 교화자의 모씨였다.

"글쎄 있을까요?"

"있어요. 좌우간 있다 가정하고 그러한 경우에는 그 책임은 어디 있습니까?"

"동양 속담말에 외밭서는 신끈도 다시 매지 말랬으니 그 신사가 책임을 질까요?"

"그래 버리면 그뿐이지만 그 신사는 점잖은 사람으로서 그런 절대적 기묘한 찬스만 아니더라면 그런 마음은커녕 염도 내지도 않을 사람이라 생각하면 어찌 됩니까?"

"……."

"말하자면 죄는 '기회'에 있는데 '기회'라는 무형물은 벌은 할 수가 없으니깐 그 신사를 가해자로 인정할 수밖에는 지금은 없지요."

"그렇습니다."

"또 한가지―사람의 천재라 하는 것도 경우에 따라서는 어떤 '기회'가 없으면 영구히 안 나타나고 마는 일이 있는데, 그 '기회'란 것이 어떤 사람에게서 그 사람의 '천재'와 '범죄 본능'을 한꺼번에 끌어내었다면 우리는 그 '기회'를 저주하여야겠습니까 축복하여야겠습니까?"

"글쎄요."

"선생은 백성수라는 사람을 아시오?"

"백성수? 자, 기억이 없는데요."

"작곡가로서 그—"

"네, 생각납니다. 유명한 '광염狂炎 소나타'의 작가 말씀이지요?"

"네, 그 사람이 지금 어디 있는지 아십니까?"

"모릅니다. 뭐 발광했단 말이 있었는데—"

"네, 지금 ××정신병원에 감금돼 있는데 그 사람의 일대기를 이야기할게 들으시고 사회 교화자로서의 의견을 말씀해 주십쇼."

내가 이제 이야기하려는 백성수의 아버지도 또한 천분 많은 음악가였습니다. 나와는 동창생이었는데 학생 시대부터 벌써 그의 천분은 넉넉히 볼 수가 있었습니다. 그는 작곡과를 전공하였는데 때때로 스스로 작곡을 하여서는 밤중에 혼자서 피아노를 두드리고 하여서 우리들로 하여금 뜻하지 않고 일어나게 하고 하였습니다. 그리고 우리는 그 밤중에 울리어 오는 야성적 선율에 몸을 소스라치고 하였습니다.

그는 야인野人이었습니다. 광포스러운 야성은

때때로 비위에 틀리면 선생을 두들기기가 예사이며 우리 학교 근처의 술집이며 모든 상점 주인들은 그에게 매깨나 안 얻어맞은 사람이 없었습니다. 그러한 야성은 그의 음악 속에 풍부히 잠겨 있어서 오히려 그 야성적 힘이 그의 예술을 더 빛나게 하는 것이었습니다.

그러나 그가 학교를 졸업하고 난 뒤에는 그 야성은 다른 곳으로 발전되고 말았습니다. 술! 술! 무서운 술이었습니다. 아침부터 저녁까지, 저녁부터 아침까지, 술잔이 그의 입에서 떠나지를 않았습니다. 그리고 술을 먹고는 여편네들에게 행패를 하고, 경찰서에 구류를 당하고, 나와서는 또 같은 일을 하고…….

작품? 작품이 다 무엇이외까. 술을 먹은 뒤에 취흥에 겨워 때때로 피아노에 앉아서 즉흥으로 탄주를 하고 하였는데 지금 생각하면 그 귀기鬼氣가 사람을 엄습하는 힘과 야성(베토벤 이래로 근대 음악가에서 발견할 수 없던) 그런 보물이라 하여도 좋을 것이 많았지만 우리들은 각각 제 길 닦기에 바쁜 사람이라 주정꾼의 즉흥악을 일일이 베껴 둔다든가 그런 일은 꿈에도 생각하지 않았습니다.

우리들은 그의 장래를 생각하여 때때로 술을 삼가기를 권고하였지만 그런 야인에게 친구의 권고가 무슨 소용이 있겠습니까.

"술? 술은 음악이다!"

하고는 하하하하 웃어 버리고 다시 술집으로 달아나고 합니다.

그러한 지 칠팔 년이 지난 뒤에 그는 아주 폐인이 되고 말았습니다. 술이 안 들어가면 그의 손은 떨렸습니다. 눈에는 눈곱이 꼈습니다. 그리고 술이 들어가면, 술이 들어가면 그는 그 광포성을 발휘하였습니다. 누구를 물론하고 붙잡고는 입에 술을 부어넣어 주었습니다. 그러다가는 장소를 불문하고 아무 데나 누워서 잡니다.

사실 아까운 천재였습니다. 우리들 새에는

때때로 그의 천분을 생각하고 아깝게 여기는 한숨이 있었지만 세상에서는 그 '장래가 무서운 한 천재'가 있었다는 것은 몰랐었습니다.

그러는 동안에는 그는 어떤 양가의 처녀를 어떻게 관계를 맺어서 애까지 뱄습니다. 그러나 그 애의 출생을 보지 못하고 아깝게도 심장마비로 죽어 버리고 말았습니다.

그 유복자로 세상에 나온 것이 백성수였습니다.

그러나 우리는 백성수가 세상에 출생되었다는 풍문만 들었지, 그 애 아버지가 죽은 뒤부터는 그 애의 소식이며 그 애 어머니의 소식은 일절 몰랐습니다. 아니, 몰랐다는 것보다, 그 집안의 일은 우리의 머리에서 온전히 잊어버리고 말았습니다.

◆

삼십 년이라는 세월이 흘렀습니다.

십 년이면 산천도 변한다 하는데 삼십 년 새의 변천을 어찌 이루 다 말하겠습니까. 좌우간 그동안에 나는 내 이름을 닦아 놓았습니다. 아시다시피 지금 K라 하면 이 나라에서 첫 손가락을 꼽는 음악비평가가 아닙니까. 견실한 지도적 비평가 K라면이 나라의 음악계의 권위이며, 이나의 한마디는 음악가의 가치를 결정하는 판결문이라 하여도 옳을 만치 되었습니다. 많은 음악가가 내 손 아래서 자랐으며 많은 음악가가 내지도로써 이름을 날렸습니다.

◆

재작년 이른 봄 어떤 날이었습니다.

그때 나는 조용한 밤중의 몇 시간씩을 ○○예배당에 가서 명상으로 시간을 보내는 것이 습관이 되어 있었습니다. 언덕 위에 홀로 서 있는 집으로서 조용한 밤중에 혼자 앉아 있노라면 때때로 들보에서 놀라 깬 비둘기의 날개 소리와 간간이 기둥에서 뚝뚝 하는 소리밖에는 아무 소리도 들리지 않는, 말하자면 나 같은 괴상한 성미를 가진 사람이 아니면 돈을 주면서 들어가래도 들어가지 않을 음침한 집이었습니다. 그러나 나 같은 명상을 즐기는 사람에게는 다른 데서 구하기 힘들도록 온갖 것을 가진 집이었습니다. 외따로고 조용하고 음침하며 간간이 알지 못할 신비한 소리까지 들리며 멀리서는 때때로 놀란 듯한 기적汽笛소리도 들리는…… 이것뿐으로도 상당한데, 게다가 이 예배당에는 피아노도 한 대 있었습니다. 예배당에는 오르간은 있을지나 피아노가 있는 곳은 쉽지 않은 것으로서 무슨 흥이나날 때에는 피아노에 가서 한 곡조 두드리는 재미도 또한 괜찮았습니다.

그날 밤도(아마 두 시는 지났을걸요) 그 예배당에

서 혼자서 눈을 감고 조용한 맛을 즐기고 있노라는데, 갑자기 저편 아래에서 재재 하는 소리가 납디다. 그래서 눈을 번쩍 뜨니까 화광이 충천하였는데, 내다보니까 언덕 아래 어떤 집이 불이 붙으며 사람들이 왔다 갔다 야단이었습니다.

이렇게 말하면 어떨지 모르지만 그다지 멀지 않은 곳에서 불붙는 것을 바라보는 맛도 괜찮은 것이었습니다. 일어서는 불길이며 퍼져 나가는 연기, 불씨의 날아나는 양, 그 가운데 거뭇거뭇보이는 기둥, 집의 송장, 재재거리는 사람의 무리, 이런 것은 어떻게 생각하면 과연 시도 될지며 음악도 될 것이었습니다. 옛날에 네로가 로마의 불붙는 것을 바라보면서, 자기는 비파를 들고 노래를 하였다는 것도 음악가의 견지로 보면 그다지 나무랄 것이 아니었습니다.

나도 그때에 그 불을 보고 차차 흥이 났습니다.

…… 네로를 본받아서 나도 즉흥으로 한 곡

조 두드려 볼까. 어렴풋이 이런 생각을 하며 나는 그 불을 정신없이 바라보고 있었습니다.

그때였습니다. 갑자기 덜컥덜컥 하는 소리가 들리더니 예배당 문이 열리며 웬 젊은 사람이 하나 낭패한 듯이 뛰어 들어왔습니다. 그리고 무엇에 놀란 사람같이 두리번두리번 사면을 살피더니 그래도 내가 있는 것은 못 보았는지 저편에 있는 창 안에 가서 숨어 서서 아래서 붙는 불을 내다봅니다.

나도 꼼짝을 못 하였습니다. 좌우간 심상스러운 사람은 아니요 방화범이나 도적으로밖에는 인정할 수 없지 않겠습니까? 그래서 꼼짝을 못 하고 서 있노라니까 그 사람은 한숨을 쉽니다. 그리고 맥없이 두 팔을 늘이고 도로 나가려고 발을 떼려다가 자기 곁에 피아노가 놓인 것을 보더니 교의를 끌어다 놓고 피아노 앞에 주저앉고 말겠지요. 나도 거기는 그만 직업적 흥미에 끌렸습니다. 그래서 무엇을 하나 보자 하고 있노라니까 뚜껑을 열더니 한 번 뚱 하고 시험을 해보아요. 그리고 조금 있더니 다시 뚱뚱 하고 시험을 해보겠지요.

이때부터 그의 숨소리가 차차 높아 가기 시작했습니다. 씩씩거리며 몹시 흥분된 사람같이 몸을 떨다가 벼락같이 양 손을 키 위에 갖다가 덮었습니다. 그다음 순간으로 C샤프 단음계의 알레그로가 시작되었습니다.

처음에는 다만 흥미로써 그의 모양을 엿보고 있던 나는 그 알레그로가 울리어 나오는 순간 마음은 끝까지 긴장되고 흥분되었습니다.

그것은 순전한 야성적 음향이었습니다. 음악이라 하기에는 너무 힘 있고 무기교無技巧였습니다. 그러나 음악이 아니라기에는 거기는 너무 괴롭고도 무겁고 힘 있는 '감정'이 들어 있었습니다. 그것은 마치 야반의 종소리와도 같이 사람의 마음을 무겁고 음침하게 하는 음향인 동시에 맹수의 부르짖음과 같이 사람으로 하여금 소름

돋치게 하는 무서운 감정의 발현이었습니다. 아아 그 야성적 힘과 남성적 부르짖음, 그 아래 감추어 있는 침통한 주림과 아픔, 순박하고도 아무 기교가 없는 그 표현!

나는 덜석 그 자리에 주저앉고 말았습니다. 그리고 음악가의 본능으로써 뜻하지 않고 주머니에서 오선지와 연필을 꺼내었습니다. 피아노의 울리어 나아가는 소리에 따라서 나의 연필은 오선지 위에서 뛰놀았습니다.

좀 급속도로 시작된 빈곤, 거기 연하여 주림, 꺼져 가는 불꽃과 같은 목숨, 그러한 것을 지나서 한참 연속되는 완서조緩徐調의 압축된 감정, 갑자기 튀어져 나오는 광포. 거기 연한 쾌미快味 홍소哄笑— 이리하여 주화조主和調로서 탄주는 끝이 났습니다. 더구나 그 속에 나타나 있는 압축된 감정이며 주림 또는 맹렬한 불길 등이 사람의 마음에 주는 그 처참함이며 광포성은 나로 하여금 아직 '문명'이라 하는 것의 은택에 목욕하여 보지 못한 야인을 연상케 하였습니다. 탄주가 다 끝이 난 뒤에도 나는 정신을 못 차리고 망연히 앉아 있었습니다. 물론 조금이라도 음악의 소양이 있는 사람일 것 같으면 이제 그 소나타를 음악에 대하여 정통으로 아무러한 수양도 받지 못한 사람이 다만 자기의 천재적 즉흥뿐으로 탄주한 것임을 알 것입니다. 해결이 없이 감칠도화현減七度和絃이며 증육도화현增六度和絃을 범벅으로 섞어 놓았으며 금칙禁則인 병행오팔도竝行五八度까지 집어넣은 것으로서, 더구나 스케르초는 온전히 뽑아 먹은, 대담하다면 대담하고 무식하다면 무식하달 수도 있는 방분 자유한 소나타였습니다.

이때에 문득 내 머리에 떠오른 것은 삼십 년 전에 심장마비로 죽은 백○○였습니다. 그의 음악으로서 만약 정통적 훈련만 뽑고 거기다가 야성을 더 집어넣으면 지금 내 눈앞에 있는 그 음악가의 것과 같은 것이 될 것이었습니다. 귀기가 사람을 엄습하는 듯한 그 힘과 방분스러운 표현과 야성—이것은 근대 음악가에게 구하기 힘든 보물이었습니다.

그 소나타에 취하여 한참 정신이 어리둥절히 앉았던 나는 고즈넉이 일어서서, 그 피아노 앞에 가서 그의 어깨에 가만히 손을 얹었습니다. 한 곡조를 타고 나서 아주 곤한 듯이 정신이 없이 앉아 있던 그는 펄떡 놀라며 일어서서 내 얼굴을 보았습니다.

"자네 몇 살 났나?"

나는 그에게 이렇게 첫말을 물었습니다. 가슴이 답답한 나로서는 이런 말밖에는 갑자기 다른 말이 생각 안 났습니다. 그는 높은 창에서 들어오는 달빛을 받고 있는 내 얼굴을 한순간 쳐다보고 머리를 돌이키고 말았습니다.

"배고프나?"

나는 두 번째 그에게 물었습니다.

그는 시끄러운 듯이 벌떡 일어섰습니다. 그리

고 달빛이 비친 내 얼굴을 정면으로 바라보다가,

"아, K선생님 아니세요?"

하면서 나를 붙들었습니다. 그래서 그렇노라
고 하니깐,

"사진으로는 늘 봤습니다마는……"

하면서 다시 맥없이 나를 놓으며 머리를 돌
렸습니다.

그 순간, 그가 머리를 돌이키는 순간 달빛에
얼핏, 나는 그의 얼굴을 처음으로 보았습니다.
그리고 나는 거기서 뜻밖에 삼십년 전에 죽은
벗 백○○의 모습을 발견하였습니다.

"자, 자네 이름이 뭐인가?"

"백성수……"

"백성수? 그 백○○의 아들이 아닌가. 삼십 년
전에, 자네가 나오기 전에 세상 떠난……"

그는 머리를 번쩍 들었습니다.

"네? 선생님 어떻게 아세요?"

"백○○의 아들인가? 같이두 생겼다. 내가 자

네의 아버지와 동창이네. 아아, 역시 그 애비의 아들이다."

그는 한숨을 길게 쉬며 머리를 수그려 버렸습니다.

◆

나는 그날 밤 그 백성수를 데리고 집으로 돌아왔습니다. 그리고 비록 작곡상 온갖 법칙에는 어그러진다 하나 그만치 힘과 정열과 야성으로 찬 소나타를 거저 버리기가 아까워서 다시 한 번 피아노에 올라앉기를 명하였습니다. 아까 예배당에서 내가 베낀 것은 알레그로가 거의 끝난 곳부터였으므로 그 전 것을 베끼기 위해서였습니다.

그는 피아노를 향하여 앉아서 머리를 기울였습니다. 몇 번 손으로 키를 두드려 보다가는 다시 머리를 기울이고 생각하고 하였습니다. 그러나 다섯 번 여섯 번을 다시 하여 보았으나 아무 효과도 없었습니다. 피아노에서 울려 나오는 음향은 규칙 없고 되지 않은 한낱 소음騷音에 지나지 못하였습니다. 야성? 힘? 귀기? 그런 것은 없었습니다. 감정의 재뿐이 있었습니다.

"선생님, 잘 안 됩니다."

그는 부끄러운 듯이 연하여 고개를 기울이며 이렇게 말하였습니다.

"두 시간도 못 되어서 벌써 잊어버린담?"

나는 그를 밀어 놓고 내가 대신하여 피아노 앞에 앉아서 아까 베낀 그 음보를 펴놓았습니다. 그리고 내가 베낀 곳부터 다시 시작하였습니다.

화염! 화염! 빈곤, 주림, 야성적 힘, 기괴한 감금당한 감정! 음보를 보면서 타던 나는 스스로 흥분이 되었습니다. 미상불 그때는 내 눈은 미친 사람같이 번득였으며 얼굴은 흥분으로 새빨갛게 되었을 것이었습니다.

즉 그때에 그가 갑자기 달려들더니 나를 떠밀쳐 버렸습니다. 그리고 자기가 대신하여 앉았습니다.

의자에서 떨어진 나는 너무 흥분되어 다시 일어날 힘도 없이 그 자리에 앉은 대로 그의 양을 쳐다보았습니다. 그는 나를 밀쳐 버린 다음에 그 음보를 들고서 읽기 시작하였습니다. 아아 그의 얼굴! 그의 숨소리가 차차 높아지면서 눈은 미친 사람과 같이 빛을 내기 시작하였습니다. 그러더니 그 음보를 홱 내어던지며 문득 벼락같이 그의 두 손은 피아노 위에 덮였습니다.

'C샤프 단음계'의 '광포스러운 소나타'는 다시 시작되었습니다. 폭풍우같이 또는 무서운 물결같이 사람으로 하여금 숨 막히게 하는 그 힘, 그것은 베토벤 이래로 근대 음악가에서 보지 못하던 광포스러운 야성이었습니다. 무섭고도 참담스러운 주림, 빈곤, 압축된 감정, 거기서 튀어져 나온 맹염猛炎, 공포, 홍소— 아아 나는 너무

숨이 답답하여 뜻하지 않고 두 손을 홰홰 내저었습니다.

◆

그날 밤이 새도록, 그는 흥분이 되어서 자기의 과거를 일일이 다 이야기하였습니다. 그 이야기에 의지하면 대략 그의 경력이 이러하였습니다.

그의 어머니는 그를 밴 뒤에 곧 자기의 친정에서 쫓겨 나왔습니다.

그때부터 그의 가난함은 시작되었습니다.

그러나 교양이 있고 어진 그의 어머니는 품팔이를 할지언정 성수는 곱게 길렀습니다. 변변치는 않으나마 오르간 하나를 준비하여 두고, 그가 잠자렬 때에는 슈베르트의 〈자장가〉로써 그의 잠을 도왔으며 아침에 깰 때는 하루 종일

유쾌히 지내게 하기 위하여 도 랜드의 〈세컨드 왈츠〉로써 그의 원기를 돋우었습니다.

그는 세 살 났을 적에 어머니의 품에 안겨서 오르간을 장난하여 보았습니다. 이 오르간을 장난하는 것을 본 어머니는 근근이 돈을 모아서 그가 여섯 살 나는 해에 피아노를 하나 샀습니다.

아침에는 새소리, 바람에 버석거리는 포플러 잎, 어머니의 사랑, 부엌에서 국 끓는 소리, 이러한 모든 것이 이 소년에게는 신비스럽고도 다정스러워 그는 피아노에 향하여 앉아서 생각나는 대로 키를 두드리고 하였습니다.

이러한 가운데 고이 소학과 중학도 마치었습니다. 그러는 동안에 음악에 대한 동경은 그의 가슴에 터질 듯이 쌓였습니다.

중학을 졸업한 뒤에는 인젠 어머니를 위하여 그는 학업을 중지하지 않을 수가 없었습니다. 그는 어떤 공장의 직공이 되었습니다. 그러나 어진 어머니의 교육 아래서 길러난 그는 비록 직공은 되었다 하나 아주 온량한 사람이었습니다.

그리고 음악에 대한 집착은 조금도 줄지 않았습니다. 비록 돈이 없어서 정식으로 음악 교육은 못 받을망정 거리에서 손님을 끄느라고 틀어 놓은 유성기 앞이며 또는 일요일날 예배당에서 찬양대의 노래에 젊은 가슴을 뛰놀리던 그였습니다. 집에서는 피아노 앞을 떠나본 일이 없었습니다.

때때로 비상한 감흥으로 오선지를 내어놓고 음보를 그려 본 적도 한두 번이 아니었습니다. 그러나 이상한 것은 그만치 뛰놀던 열정과 터질 듯한 감격도 음보로 그려 놓으면 아무 긴장도 없는 싱거운 음계가 되어 버리고 하였습니다. 왜? 그만치 천분이 있고 그만치 열정이 있던 그에게서 왜 그런 재와 같은 음악만 나왔느냐고 물으실 테지요. 거기 대하여서는 이따가 설명하리다.

감격과 불만, 열정과 재, 비상한 흥분과 그

흥분에 대한 반비례되는 시원치 않은 결과 이러한 불만의 십 년이 지났습니다.

◆

그의 어머니는 문득 몹쓸 병에 걸렸습니다.

자양과 약값, 그의 몇 해를 근근이 모았던 돈은 차차 줄기 시작하였습니다. 조금이라도 안락한 생활이 되기만 하면 정식으로 음악에 대한 교육을 받으려고 모아 두었던 저금은 그의 어머니의 병에 다 들어갔습니다. 그러나 그의 어머니의 병은 차도가 보이지 않았습니다.

그리하여, 그와 내가 그 예배당에서 만나기 전 해 여름 어떤 날, 그의 어머니는 도저히 회복할 가망이 없는 중태에까지 빠지게 되었습니다. 그러나 그때는 벌써 그에게는 돈이라고는 다 떨어진 때였습니다.

그날 아침, 그는 위독한 어머니를 버려두고 역시 공장에를 갔습니다. 그러나 아무리 하여도 마음이 놓이지 않아서 일을 중도에 그만두고 집으로 돌아왔습니다. 그때는 어머니는 벌써 혼수 상태에 빠져 있었습니다. 가슴이 덜컥 내려앉은 그는 황급히 다시 뛰어나갔습니다. 그러나 어디로? 무얼 하러? 뜻없이 뛰어나와서 한참 달음박질하다가, 그는 문득 정신을 차리고 의사라도 청할 양으로 히끈 돌아섰습니다.

그때였습니다. 아까 내가 말한 바 '기회'라는 것이 그때에 그의 앞에 나타났습니다. 그것은 조그만 담뱃가게 앞이었는데 가게와 안방과의 새의 문은 닫혀 있고 안에는 미상불 사람이 있을지나 가게를 보는 사람은 눈에 안 띄었습니다. 그리고 그 담배상자 위에는 오십 전짜리 은전한 닢과 동전 몇 닢이 놓여 있었습니다.

그는 자기로도 무엇을 하는지 몰랐습니다. 의사를 청하여 오려면, 다만 몇십 전이라도 돈이 있어야겠단 어렴풋한 생각만 가지고 있던 그는, 한번 사면을 살핀 뒤에 벼락같이 그 돈을 쥐고 달아났습니다.

그러나 그는 이십 간도 뛰지 못하여 따라오는 그 집 사람에게 붙들렸습니다.

그는 몇 번을 사정하였습니다. 마지막에는 자기의 어머니가 명재경각이니, 한 시간만 놓아주면 의사를 어머니에게 보내고 다시 오마고까지 하여 보았습니다. 그러나, 그런 말은 모두 헛소리로 돌아가고, 그는 마침내 경찰서로 가게 되었습니다.

경찰서에서 재판소로 재판소에서 감옥으로 ─ 이러한 여섯 달 동안에 그는 이를 갈면서 분해 하였습니다. 자기 어머니의 운명이 어찌 되었나. 그는 손과 발을 동동 구르면서 안타까워했습니다. 만약 세상을 떠났다 하면 떠나는 순간에 얼마나 자기를 찾았겠습니까. 임종에도 물 한 잔 떠넣어 줄 사람이 없는 어머니였습니다. 애타 하는 그 모양, 목말라 하는 그 모양을 생각하고는 그 어머니에게 지지 않게 자기도 애타 하고 목말라 했습니다.

반년 뒤에 겨우 광명한 세상에 나와서 자기의 오막살이를 찾아가매 거기는 벌써 다른 사람이 들어 있었으며 그의 어머니는 반년 전에 아들을 찾으며 길에까지 기어나와서 죽었다 합니다.

공동묘지를 가보았으나 분묘조차 발견할 수가 없었습니다.

이리하여 갈 곳이 없이 헤매던 그는 그날도 역시 잘 곳을 찾으러 헤매다가 그 예배당(나하고 만난)까지 뛰어 들어온 것이었습니다.

◆

여기까지 이야기해 오던 K씨는 문득 말을 끊

었다. 그리고 마도로스 파이프를 꺼내어 담배를 피워 가지고 빨면서 모씨에게 향하였다.

"선생은 이제 내가 이야기한 가운데 모순된 점을 발견 못 하셨습니까?"

"글쎄요."

"그럼 내가 대신 물으리다. 백성수는 그만치 천분이 많은 음악가였었는데 왜 그 광염 소나타 (그날 밤의 소나타를 '광염 소나타'라고 그랬습니다)를 짓기 전에는 그만치 흥분되고 긴장되었다가도 일단 음보로 만들어 놓으면 아주 힘없는 것이 되어 버리고 했겠습니까?"

"그게야 미상불 그때의 흥분이 '광염 소나타'를 지을 때의 흥분만 못한 연고겠지요."

"그렇게 해석하세요? 듣고 보니 그것은 한 해석이 되기는 합니다. 그러나 나는 그렇게 해석 안 하는데요."

"그럼 K씨는 어떻게 해석하십니까?"

"나는, 아니, 내 해석을 말하는 것보다 그 백

성수한테서 내게로 온 편지가 한 장 있는데, 그것을 보여 드리다. 선생은 오늘 바쁘시지 않으세요?"

"일은 없습니다."

"그러면 우리 집까지 잠깐 같이 가보실까요?"

"가지요."

두 노인은 일어섰다.

도회와 교외의 경계에 달린 K씨의 집에까지 두 노인이 이른 때는 오후 너덧 시가 된 때였다.

두 노인은 K씨의 서재에 마주 앉았다.

"이것이 이삼 일 전에 백성수한테서 내게로 온 편지인데 읽어보세요."

K씨는 서랍에서 기다란 편지 뭉치를 꺼내어 모씨에게 주었다.

모씨는 받아서 폈다.

"가만, 여기서부터 보세요. 그전에는 쓸데없는 인사이니까."

◆

…… (중략) 그리하여 그날도 또한 이제 밤을 지낼 집을 구하느라고 돌아다니던 저는 우연히 그 집, 제가 전에 돈 오십여 전을 훔친 집 앞에까지 이르렀습니다. 깊은 밤 사면은 고요한데 그 집 앞에서 잘 곳을 구하느라고 헤매던 저는 문득 마음속에 무서운 복수의 생각이 일어났습니다. 이 집만 아니었더면, 이 집 주인이 조금만 인정이라는 것을 알았더면, 저는 그 불쌍한 제 어머니로서 길에까지 기어나와서 세상을 떠나게 하지는 않았겠습니다. 분묘가 어디인지조차 알지 못하여 꽃 한번 갖다가 꽂아 보지 못한 이러한 불효도 이 집 때문이외다. 이러한 생각에 참지를 못하여, 그 집 앞에 가려 있는 볏짚에다가

불을 놓았습니다. 그리고 거기 서서 불이
집으로 옮아가는 것을 다 본 뒤에 갑자기
무서운 생각이 나서 달아났습니다.

좀 달아나다 보매 아래서는 벌써 사람이
꾀어들기 시작한 모양인데 이때에 저의
머리에 타오르는 생각은 통쾌하다는 생
각과 달아나려는 생각뿐이었습니다. 그
리하여 저는 몸을 숨기기 위하여 앞에 보
이는 예배당 안으로 뛰어들어갔습니다.
거기서 불이 다 꺼지도록 구경을 한 뒤에
나오려다가 피아노를 보고…….

◆

"이 보세요."
K씨는 편지를 보는 모씨를 찾았다.
"비상한 열정과 감격은 있어두 그것이 그대

로 표현 안 된 것이 그것 때문이었습니다. 즉 성수의 어머니는 몹시 어진 사람으로서 어렸을 때부터 성수의 교육을 몹시 힘을 들여서 착한 사람이 되도록, 이렇게 길렀습니다그려. 그 어진 교육 때문에 그가 하늘에서 타고난 광포성과 야성이 표면상에 나타나지를 못하였습니다. 그 타오르는 야성적 열정과 힘이 음보音譜로 그려 놓으면 아주 힘없는, 말하자면 김빠진 술과 같이 되고 하는 것이 모두 그 때문이었습니다그려. 점잖고 어진 교훈이, 그의 천분을 못 발휘하게 한 셈이지요."

"흠."

"그것이, 그 사람 성수가, 감옥 생활을 할 동안에 한번 씻기기는 하였으나, 그러나 사람의 교양이라 하는 것은 온전히 씻지는 못하는 것이외다.

그러다가, 그 '원수'의 집 앞에서 갑자기, 말하자면 돌발적으로 야성과 광포성이 나타나서 불을 놓고 예배당 안에 숨어 서서 그 야성적 광포적 쾌미를 한껏 즐긴 다음에, 그에게서 폭발하여 나온 것이 그 '광염 소나타'였구려.

일어서는 불길, 사람의 비명, 온갖 것을 무시하고 퍼져 나가는 불의 세력—이런 것은 사실 야성적 쾌미 가운데 으뜸이 되는 것이니깐요."

"……"

"아셨습니까. 그러면 그다음에 그 편지의 여기부터 또 보세요."

◆

…… (중략) 저는 그날의 일이 아직 눈앞에 어리는 듯하외다. 선생님이 저를 세상에 소개하시기 위하여 늙으신 몸이 몸소 피아노에 앉으셔서 초대한 여러 음악가들 앞에서 제 '광염 소나타'를 탄주하시

던 그 광경은 지금 생각하여도 제 눈에서 눈물이 나오려 합니다. 그때에 그 손님 가운데 부인 손님 두 분이 기절을 한 것은 결코 '광염 소나타'의 힘뿐이 아니고 선생의 그 탄주의 힘이 많이 섞인 것을 뉘라서 부인하겠습니까. 그 뒤에 여러 사람 앞에 저를 내어세우고,

"이 사람이 '광염 소나타'의 작자이며 삼십 년 전에 우리를 버려두고 혼자 간 일대의 귀재 백○○의 아들이외다."

고 소개를 하여 주신 그때의 그 감격은 제 일생에 어찌 잊사오리까.

그 뒤에 선생님께서 저를 위하여 꾸며 주신 방도 또한 제 마음에 가장 맞는 방이었습니다. 널따란 북향 방에 동남쪽 귀에 든든한 참나무 침대가 하나, 서북쪽 귀에 아무 장식 없는 참나무 책상과 의자, 피아노가 하나씩, 그 밖에는 방 안에 장

식이라고는 서남쪽 벽에 커다란 거울이 하나 있을 뿐, 덩드렇게 넓은 방은 사실 밤에 전등 아래 앉아 있노라면 저절로 소름이 끼치도록 무시무시한 방이었습니다. 게다가 방 안은 모두 꺼먼 칠을 하고, 창 밖에는 늙은 홰나무의 고목이 한 그루 서 있는 것도 과연 귀기가 돌았습니다. 이러한 가운데서 선생님은 저로 하여금 방분스러운 음악을 낳도록 애써 주셨습니다.

저도 그런 환경 아래서 좋은 음악을 낳아 보려고 얼마나 애를 썼겠습니까. 어떤 날 선생님께 작곡에 대한 계통적 훈련을 원할 때에 선생님은 이렇게 대답하셨습니다.

"자네에게는 그러한 교육이 필요가 없어. 마음대로 나오는 대로 하게. 자네 같은 사람에게 계통적 훈련이 들어가면 자

네의 음악은 기계화해 버리고 말아 마음
대로 온갖 규칙과 규범을 무시하고 가슴
에서 터져 나오는 대로……."

저는 이 말씀의 뜻을 똑똑히는 몰랐습니
다. 그러나 대략한 의미뿐은 통하였습니
다. 그리하여 저는 마음대로 한껏 자유
스러운 음악의 경지를 개척하려 하였습
니다.

그러나 그동안에 제가 산출한 음악은 모
두 이상히도 저의 이전(제 어머니가 아직 살아
계실 때)의 것과 마찬가지로 아무러한 힘
도 없는 음향의 유희에 지나지 못하였습
니다.

저는 얼마나 초조하였겠습니까. 때때로
선생님께서 채근 비슷이 하시는 말씀은
저로 하여금 더욱 초조하게 하였습니다.
그리고 마음이 초조하면 초조할수록 제
게서 생겨나는 음악은 더욱 나약한 것이

되었습니다.

저는 때때로 그 불붙던 광경을 생각하여 보았습니다. 그리고 그때에 통쾌하던 감정을 되풀이하여 보려 하였습니다. 그러나 그것 역시 실패에 돌아갔습니다.

때때로 비상한 열정으로 음보를 그려 놓은 뒤에 몇 시간을 지나서 다시 한번 읽어 보면 거기는 아무 힘이 없는 개념만 있고 하였습니다.

저의 마음은 차차 무거워지기 시작하였습니다. 그리고 큰 기대를 가지고 계신 선생님께도 미안하기가 짝이 없었습니다.

"음악은 공예품과 달라서 마음대로 만들고 싶은 때에 되는 것이 아니니 마음 놓고 천천히 감흥이 생긴 때에……."

이러한 선생님의 위로의 말씀이 듣기가 제 살을 깎아 먹는 듯 하였습니다. 그러나 제 마음상은 인제는 제게서 다시 힘 있는 음악이 나올 기회가 없는 것같이만 생각되었습니다. 이러는 동안에 무위의 몇 달이 지났습니다.

어떤 날 밤중, 가슴이 너무 무겁고 가슴 속에 무엇이 가득찬 것같이 거북하여서, 저는 산보를 나섰습니다. 무거운 머리와 무거운 가슴과 무거운 다리를 지향 없이 옮기면서 돌아다니다가 저는 어떤 곳에서 커다란 볏짚 낟가리를 발견하였습니다.

이때의 저의 심리를 어떻게 형용하였으면 좋을지 저는 모르겠습니다. 저는 무슨 무서운 적敵을 만난 것같이 긴장되고 흥분되었습니다. 저는 사면을 한번 살펴보고, 그 낟가리에 달려가서 불을 그어서 놓았습니다. 그리고 갑자기 무서움증이 생겨서 돌아서서 달아나다가, 멀찌가니까지 달아나서 돌아보니까, 불길은 벌써 하늘을 찌를 듯이 일어났습니다. 왁, 왁, 꺄, 꺄, 사람들이 부르짖는 소리도 들렸습니다. 저는 다시 그곳까지 가서, 그 무서운 불길에 날아 올라가는 볏짚이며, 그 낟가리에 연달아 있는 집을 헐어 내는 광경을 구경하다가 문득 흥분되어서 집으로 돌아왔습니다.

그날 밤에 된 것이 〈성난 파도〉였습니다. 그 뒤에 이 도회에서 일어난, 알지 못할 몇 가지의 불은, 모두 제가 질러 놓은 것이었습니다. 그리고, 불이 있던 날 밤마다 저는 한 가지의 음악을 얻었습니다. 며칠을 연하여 가슴이 몹시 무겁다가 그것이 마침내 식체와 같이 거북하고 답답하게 되는 때는 저는 뜻 없이 거리를 나갑니다. 그리고 그러한 날은 한 가지의 방화 사건이 생겨나며 그날 밤에는 한 곡의 음악이 생겨났습니다.

◆

그러나 그것도 번수가 차차 많아 갈 동안, 저의, 그 불에 대한 흥분은 반비례로 줄어졌습니다. 온갖 것을 용서하지 않는 불꽃의 잔혹함도, 그다지 제 마음을 긴장시키지 못하였습니다.

"차차, 힘이 적어져 가네."

선생님께서 제 음악을 보시고 이렇게 말씀하신 것이 그러한 때였습니다.

그러나, 저는 게서 더할 도리가 없었습니다. 하는 수 없이 저는 한동안 음악을 온전히 잊어버린 듯이 내버려두었습니다.

◆

모씨가 성수의 마지막 편지를 여기까지 읽었

을 때에, K씨가 찾았다.

"재작년 봄에서 가을에 걸쳐서, 원인 모를 불이 많지 않았습니까. 그것이 죄 성수의 장난이었습니다그려."

"K씨는 그것을 온전히 모르셨습니까?"

"나요? 몰랐지요. 그런데, 그 어떤 날 밤이구려. 성수는 기대에 반해서, 우리 집으로 온 지 여러 달이 됐지만, 한 번도 힘 있는 것을 지어 본 일이 없겠지요. 그래서, 저 사람에게 무슨 흥분될 재료를 줄 수가 없나 하고 혼자 생각하며 있더랬는데, 그때에 저—편—"

K씨는 손을 들어 남편 쪽 창을 가리켰다.

"저—편 꽤 멀리서 불 붙는 것이 눈에 뜨입디다그려. 그래서 저것을 성수에게 보이면, 혹 그때의 감정(그때는, 나는 그 담배 장수네 집에 불이 일어난 것도 성수의 장난인 줄은 꿈에도 생각 안 했구료)을 부활시킬지도 모르겠다, 이렇게 생각하구 성수의 방으로 올라가려는데, 문득 성수의 방에서 피아노 소리가 울려 나옵니다그려. 나는 올라가려던 발을 부지중 멈추고 말았지요. 역시 C샤프 단음계로서, 제일곡은 뽑아 먹고, 아다지오에서 시작되는데, 고요하고 잔잔한 바다, 수평선 위로 넘어가려는 저녁 해, 이러한 온화한 것이 차차 스케르초로 들어가서는 소낙비, 풍랑, 번개질, 무서운 바람 소리, 우레질, 전복되는 배, 곤해서 물에 떨어지는 갈매기, 한번 뒤집어지면서 해일에 쓸려 나가는 동네 사람의 부르짖음— 흥분에서 흥분, 광포에서 광포, 야성에서 야성, 온갖 공포와 포학한 광경이 눈앞에 어릿거리는데, 이 늙은 내가 그만 흥분에 못 견디어, 뜻하지 않고 '그만두어 달라'고 고함친 것만으로도 짐작하시겠지요. 그리고 올라가서 보니깐, 그는 탄주를 끝내고 피곤한 듯이 피아노에 기대고 앉아 있고, 이제 탄주한 것은 벌써 '성난 파도'라는 제목 아래 음보로 되어 있습디다."

"그러면 성수는 불을 두 번 놓고, 두 음악을

얻었다는 말씀이지요?"

"그렇지요. 그러고, 그 뒤부터는 한 십여 일 건너서는 하나씩 지었는데, 그것이 지금 보면, 한 가지의 방화 사건이 생길 때마다 생겨난 것이었습니다. 그러나, 그의 편지마따나, 얼마 지나서부터는 차차 그 힘과 야성이 적어지기 시작했지요. 그래서—"

"가만계십쇼. 그 사람이 그다음에도 〈피의 선율〉이나 그 밖에 유명한 곡조를 여러 개 만들지 않았습니까?"

"글쎄 말이외다. 거기 대한 설명은 그 편지를 또 보십쇼. 여기서부터 또 보시면 알리다."

◆

…… (중략) ××다리 아래로서 나오려는데, 무엇이 발길에 채는 것이 있었습니다.

성냥을 그어 가지고 보니깐, 그것은 웬 늙은이의 송장이었습니다. 저는 그것이 무서워서 달아나려다가, 돌아서려던 발을 다시 돌이켰습니다. 그리고,

선생님은 이제 제가 쓰는 일을 이해하여 주실는지요. 그것은 너무도 기괴한 일이라 저로서도 믿어지지 않는 일이었습니다. 그 송장을 타고 앉았습니다. 그리고 그 송장의 옷을 모두 찢어서 사면으로 내어던진 뒤에, 그 벌거벗은 송장을, (제 힘이라 생각되지 않는) 무서운 힘으로써 높이 쳐 들어서, 저편으로 내어던졌습니다. 그런 뒤에는, 마치 고양이가 알을 가지고 놀듯, 다시 뛰어가서 그 송장을 들어서, 도로 이편으로 던졌습니다. 이렇게 몇번을 하여 머리가 깨지고, 배가 터지고— 그 송장은 보기에도 참혹스러이 되었습니다. 그리하여 그 송장을 다시 만질 곳이 없이

된 뒤에, 저는 그만 곤하여 그 자리에 앉
아서 쉬려다가 갑자기 마음이 긴장되고
흥분되어서, 집으로 달려왔습니다.

그날 밤에 된 것이 〈피의 선율〉이었습니다.

◆

"선생은 이러한 심리를 아시겠습니까?"

"글쎄요."

"아마, 모르실걸요, 그러나 예술가로서는 능
히 머리를 끄덕일 수 있는 심리외다. 그리고 또
여기를 읽어 보십시오."

◆

…… ⑨락 그 여자가 죽었다는 것은 제

게는 사실 뜻밖이었습니다.

저는, 그날 밤 혼자 몰래 그 여자의 무덤을 찾아갔습니다. 그리고 칠팔 시간 전에 묻어 놓은 그의 무덤의 흙을 다시 파서 그의 시체를 꺼내어 놓았습니다.

푸르른 달빛 아래 누워 있는 아름다운 그의 모양은 과연 선녀와 같았습니다. 가볍게 눈을 닫고 있는 창백한 얼굴, 곧은 콧날, 풀어 헤친 검은 머리—아무 표정도 없는 고요한 얼굴은 더욱 처염함을 도왔습니다. 이것을 정신이 없이 들여다보고 있던 저는 갑자기 흥분이 되어, 아아, 선생님 저는 이 아래를 쓸 용기가 없습니다. 재판소의 조서를 보시면 저절로 아실 것이올시다.

그날 밤에 된 것이 〈사령死靈〉이었습니다.

◆

"어떻습니까?"

"……."

"네?"

"……."

"언어도단이에요? 선생의 눈으로는 그렇게 뵈시리다. 또 여기를 읽어 보십쇼."

◆

…… (중략) 이리하여 저는 마침내 사람을 죽인다 하는 경우에까지 이르렀습니다. 그리고 한 사람이 죽을 때마다 한 개의 음악이 생겨났습니다. 그 뒤부터 제가 지은 그 모든 것은 모두 다 한사람씩의 생명을 대표하는 것이었습니다.

◆

"인전 더 보실 것이 없습니다. 그런데 그만큼 보셨으면 성수에 대한 대략한 일은 아셨을 터인데, 거기 대한 의견이 어떻습니까?"

"……."

"네?"

"어떤 의견 말씀이오니까?"

"어떤 '기회'라는 것이 어떤 사람에게서, 그 사람의 가지고 있는 천재와 함께, '범죄 본능'까지 끌어내었다 하면, 우리는 그 '기회'를 저주하여야겠습니까 혹은 축복하여야겠습니까? 이 성수의 일로 말하자면 방화, 사체 모욕, 시간, 살인, 온갖 죄를 다 범했어요. 우리 예술가협회에서 별로 수단을 다 써서 정부에 탄원하고 재판소에 탄원하고 해서 겨우 성수를 정신병자라 하는 명목 아래 정신병원에 감금했지, 그렇지 않으면 당장에 사형이 아닙니까. 그런데 이제 그 편지를 보셔도 짐작하시겠지만 통상시에는 그 사람은 아주 명민하고 점잖고 온화한 청년입니다. 그러나, 때때로 그, 뭐랄까, 그 흥분 때문에 눈이 아득하여져서 무서운 죄를 범하고 그 죄를 범한 다음에는 훌륭한 예술을 하나씩 산출합니다. 이런 경우에 우리는 그 죄를 밉게 보아야 합니까, 혹은 그 범죄 때문에 생겨난 예술을 보아서 죄를 용서하여야 합니까?"

"그게야 죄를 범치 않고 예술을 만들어 냈으면 더 좋지 않습니까?"

"물론이지요. 그러나 이 성수 같은 사람도 있는 것이니깐 이런 경우엔 어떻게 해결하렵니까?"

"죄를 벌해야지요. 죄악이 성하는 것을 그냥 볼 수는 없습니다."

K씨는 머리를 끄덕였다.

"그렇겠습니다. 그러나 우리 예술가의 견지로

는 또 이렇게 볼 수도 있습니다. 베토벤 이후로는 음악이라 하는 것이 차차 힘이 빠져 가서 꽃이나 계집이나 찬미할 줄 알고 연애나 칭송할 줄 알아서 선이 굵은 것은 볼 수가 없이 되었습니다. 게다가 엄정한 작곡법이 있어서 그것은 마치 수학의 방정식과 같이 작곡에 대한 온갖 자유스러운 경지를 제한해 놓았으니깐 이후에 생겨나는 음악은 새로운 길을 개척하기 전에는 한 기술이 될 것이지 예술이 될 수는 없습니다. 예술가에게는 이것이 쏠쏠해요. 힘 있는 예술, 선이 굵은 예술, 야성으로 충일된 예술—은 이것을 기다린 지 오랬습니다. 그럴 때에, 백성수가 나타났습니다. 사실 말이지 백성수의 그새의 예술은 그 하나하나가 모두 우리의 문화를 영구히 빛낼 보물입니다. 우리의 문화의 기념탑입니다. 방화? 살인? 변변치 않은 집개, 변변치 않은 사람개는 그의 예술의 하나가 산출되는 데 희생하라면 결코 아깝지 않습니다. 천 년에 한 번, 만 년에 한 번 날지 못 날지 모르는 큰 천재를, 몇 개의 변변치 않은 범죄를 구실로 이 세상에서 없이하여 버린다 하는 것은 더 큰 죄악이 아닐까요. 적어도 우리 예술가에게는 그렇게 생각됩니다."

K씨는 마주 앉은 노인에게서 편지를 받아서 서랍에 집어넣었다. 새빨간 저녁 해에 비치어서 그의 늙은 눈에는 눈물이 반득였다.

광
화
사

— 광화사狂畫師 —

인왕仁王.

바위 위에 잔솔이 서고 아래는 이끼가 빛을
자랑한다.

굽어보니 바위 아래는 몇 포기 난초가 노란
꽃을 벌리고 있다. 바위에 부딪치는 잔바람에 너

울거리는 난초잎.

여余는 허리를 굽히고 스틱으로 아래를 휘저어 보았다. 그러나 아직 난초에서는 사오 척의 거리가 있다. 눈을 옮기면 계곡.

전면이 소나무의 잎으로 덮인 계곡이다. 틈틈이는 철색鐵色의 바위도 보이기도 하나 나무 밑의 땅은 볼 길이 없다. 만약 그 자리에 한번 넘어지면 소나무의 잎 위로 굴러서 저편 어디인지 모를 골짜기까지 떨어질 듯하다.

여의 등 뒤에도 이십삼 장이 넘는 바위다. 그 바위에 올라서면 무학舞鶴재로 통한 커다란 골짜기가 나타날 것이다. 여의 발 아래도 장여丈餘의 바위다.

아래는 몇 포기 난초, 또 그 아래는 두세 그루의 잔솔, 잔솔 넘어서는 또 바위, 바위 위에는 도라지꽃. 그 바위 아래로부터는 가파로운 계곡이다.

그 계곡이 끝나는 곳에는 소나무 위로 비로

소 경성 시가의 한편 모퉁이가 보인다. 길에는 자동차의 왕래도 가막하게 보이기는 한다. 여전한 분요와 소란의 세계는 그곳에 역시 전개되어 있기는 할 것이다.

그러나 여가 지금 서 있는 곳은 심산이다. 심산이 가져야 할 온갖 조건을 구비하였다.

바람이 있고 암굴이 있고 산초산화가 있고 계곡이 있고 생물이 있고 절벽이 있고 난송亂松이 있고— 말하자면 심산이 가져야 할 유수미幽邃味를 다 구비하였다.

본시는 이 도회는 심산 중의 한 계곡이었다. 그것을 오백 년간을 닦고 갈고 지어서 오늘날의 경성부를 이룬 것이다.

이러한 협곡에 국도國都를 창건한 이태조의 본의가 어디 있었는지는 알 길이 없다. 그러나 오늘날의 한 산보개의 자리에서 보자면 서울은 세계에 유례가 없는 미도美都일 것이다.

도회에 거주하며 식후의 산보로서 풀대님 채

로 이러한 유수한 심산에 들어갈 수 있다는 점으로 보아서 서울에 비길 도회가 세계에 어디 다시 있으랴.

회흑색灰黑色의 지붕 아래 고요히 누워 있는 오백 년의 도시를 눈 아래 굽어보는 여의 사위에는 온갖 고산식물이 난성亂盛하고, 계곡에 흐르는 물 소리와 눈 아래 날아드는 기조奇鳥들은 완연히 여로 하여금 등산객의 정취를 느끼게 한다.

여는 스틱을 바위틈에 꽂아 놓았다. 그리고 굴러떨어지기를 면키 위하여 바위와 잔솔의 새에 자리 잡고 비스듬히 앉았다. 담배를 피우고 싶었으나 잠시의 산보로 여기고 담배도 안 가지고 나온 발이 더듬더듬 여기까지 미쳤으므로 담배도 없다.

시야의 한편에는 이삼 장丈의 바위, 다른 한편에는 푸르른 하늘, 그 끝으로는 솔잎이 서너 개 어렴풋이 보인다. 그윽이 코로 몰려 들어오는 송진 냄새. 소나무에 불리는 바람 소리.

유수키 짝이 없다. 여가 지금 앉아 있는 자리
는 개벽 이래로 과연 몇 사람이나 밟아 보았을
까. 이 바위 생긴 이래로 혹은 여가 맨 처음 발 대
어 본 것이 아닐까. 아까 바위를 기어서 이곳까
지 올라오느라고 애쓰던 그런 맹랑한 노력을 하
여 본 바보가 여 이외에 몇 사람이나 있었을까.
그런 모험을 맛보기 위하여 심산을 찾는 용사는
많을 것이로되 결사적 인왕 등산을 한 사람은
그리 많으리라고 생각되지 않는다.

등 뒤 바위에는 암굴이 있다.

뱀이라도 있을까 무서워서 들어가 보지는 않
았지만 스틱으로 휘저어 본 결과로 두세 사람은
넉넉히 들어가 앉아 있음직하다.

이 암굴은 무엇에 이용할 수가 없을까.

음모陰謀의 도시 한양은 그새 오백 년간 별별
음흉한 사건이 연출되었다. 시가 끝에서 반시간

미만에 넉넉히 올 수 있는 이런 가까운 거리에 뚫린 암굴은, 있는 줄 알기만 하였으면 혹은 음모에 이용되지 않았을까.

공상!

유수한 맛에 젖어 있던 여는 이 암굴 때문에 차차 불쾌한 공상에 빠지기 시작하려 한다.

온갖 음모, 그 뒤를 잇는 살육, 모함, 방축, 이조 오백 년간의 추악한 모양이 여로 하여금 불쾌한 공상에 빠지게 하려 한다.

여는 황망히 이런 불쾌한 공상에서 벗어나려고 또 주머니에 담배를 뒤적였다. 그러나 담배는 여전히 있을 까닭이 없었다. 다시 눈을 들어서 안하를 굽어보면 일면에 깔린 송초松梢! 반짝!

보매 한 줄기의 샘이다. 소나무 틈으로 보이는 그 샘은 아마 바위틈을 흐르는 샘물인 듯. 똘똘똘똘 들리는 것은 아마 바람소리겠지. 저렇듯 멀리 아래 있는 샘의 소리가 이곳까지 들릴 리가 없다.

샘물!

저 샘물을 두고 한 개 이야기를 꾸미어 볼 수가 없을까. 흐르는 모양도 아름답거니와 흐르는 소리도 아름답고 그 맛도 아름다운 샘물을 두고 한 개 재미있는 이야기가 여의 머리에 생겨나지 않을까. 암굴을 두고 생겨나려던 음모 살육의 불쾌한 공상보다 좀더 아름다운 다른 이야기가 꾸미어지지 않을까.

여는 바위틈에 꽂았던 스틱을 도로 뽑았다. 그 스틱으로써 여의 발 아래 바위를 가볍게 두드리면서 한 개 이야기를 꾸미어 보았다.

한 화공이 있다.

화공의 이름은? 지어내기가 귀찮으니 신라 때의 화성畫聖의 이름을 차용借用하여 솔거率居라 하여 두자.

시대는?

시대는 이 안하에 보이는 도시가 가장 활기 있고 아름답던 시절인 세종 성주의 대쯤으로 하여 둘까.

백악이 흘러내리다가 맺힌 곳. 거기는 한양의 정기를 한 몸에 지닌 경복궁 대궐이 있다. 이 대궐의 북문인 신무문神武門 밖 우거진 뽕밭 새에 한 중로中老의 사나이가 오뇌스러운 얼굴을 하고 숨어 있다.

화공 솔거였다.

무르익은 여름 뜨거운 볕은 뽕잎이 가려 준다 하나 훈훈한 기운은 머리 위 뽕잎과 땅에서 우러나서 꽤 무더운 이 뽕밭 속에 숨어 있는 화공. 자그마한 보따리에는 점심까지 싸가지고 온 것으로 보아서 저녁까지 이곳에 있을 셈인 모양이다.

그러나 무얼 하는지. 단지 땀을 펑펑 흘리며

오뇌스러운 얼굴로 앉아 있을 뿐이다.

왕후친잠王后親蠶에 쓰이는 이 뽕밭은 잡인들이 다니지 못할 곳이다. 하루 종일을 사람의 그림자 하나 얼씬하지 않는다.

때때로 바람이 우수수하니 통나무 위로 불기는 하나 솔거가 숨어 있는 곳에는 한 점의 바람도 들어오지 않는다. 이 무더운 속에 솔거는 바람이 불 적마다 몸을 흠칫흠칫 놀라며 그러면서도 무엇을 기다리는 듯이 뽕나무 그루 아래로 저편 앞을 주시하곤 한다.

이윽고 석양이 무악을 넘고 이 도시도 황혼이 들었다.

날이 어둡기를 기다려서 이 화공은 몸을 숨겨 가지고 거기서 나왔다.

"오늘은 헛길. 내일이나 다시 볼까."

한숨을 쉬면서 제 오막살이를 찾아 돌아가는 화공. 날이 벌써 꽤 어두웠지만 그래도 아직 저녁빛이 약간 남은 곳에 내어놓은 이 화공은 세상에 보기 드문 추악한 얼굴의 주인이었다. 코가 질병자루 같다. 눈이 퉁방울 같다. 귀가 박죽 같다. 입이 나발통 같다. 얼굴이 두꺼비 같다. 소위 추한 얼굴을 형용하는 온갖 형용사를 한 얼굴에 지닌 흉한 얼굴의 주인으로서 그 얼굴이 또한 굉장히도 커서 멀리서 볼지라도 그 존재가 완연하리만 하다. 이 얼굴을 가지고는 백주에는 나다니기가 스스로 부끄러울 것이다.

아닌 게 아니라 솔거는 철이 든 아래 아직껏 백주에 사람 틈에 나다닌 일이 없었다.

일찍이 열여섯 살에 스승의 중매로써 어떤 양가 처녀와 결혼을 하였지만 그 처녀는 솔거의 얼굴을 보고 기절을 하고 기절에서 깨어나서는 그냥 집으로 도망쳐 버리고,

그다음에 또 한번 장가를 들어 보았지만 그 색시 역시 첫날밤만 정신 모르고 치른 뒤에는 이튿날은 무서워서 죽어도 같이 못 살겠노라고

부모에게 떼를 써서 두 번째의 비극을 겪고, 이러한 두 가지의 사변을 겪고 난 뒤에는 솔거는 차차 여인이라는 것을 보기를 피하여 오다가 그 괴벽이 점점 자라서 나중에는 일체로 사람이란 것의 얼굴을 대하기가 싫어졌다.

사람을 피하기 위하여 그리고 또한 일방으로는 화도畫道에 정진하기 위하여 인가를 떠나서 백악의 숲속에 조그만 오막살이를 하나 틀고 거기 숨은 지 근 삼십 년, 생활에 필요한 물건 혹은 그림에 필요한 물건을 구하기 위하여 부득이 거리에 나가야 할 필요가 있을 때는 반드시 밤을 택하였다. 피할 수 없이 낮에 나갈 때는 방립을 쓰고 그 위에 얼굴을 베로 가리었다.

화도에 발을 들여놓은 지 근 사십 년, 부득이 한 금욕 생활 부득이한 은둔 생활을 경영한 지 삼십 년, 여인에게로 소모되지 못한 정력은 머리로 모이고 머리로 모인 정력은 손끝으로 벋어서 종이에 비단에 갈겨 던진 그림이 벌써 수천 점.

처음에는 그 그림에 대하여 아무 불만도 느껴 보지 않았다.

하늘에서 타고난 천분과 스승에게서 얻은 훈련과 저축된 정력의 소산인 한 장의 그림이 생겨날 때마다 그것을 보면서 스스로 만족히 여기고 스스로 자랑스러이 여기던 그였다.

그러나 그런 과정을 밟기 이십 년에 차차 그의 마음에 움돋은 불만, 그것은 어떻게 보자면 화도에는 이단적인 생각일는지도 모를 것이다.

좀 다른 것은 그럴 수가 없는가.

산이다. 바다다. 나무다. 시내다. 지팡이 잡은 노인이다. 다리다. 혹은 돛단배다. 꽃이다. 과즉 달이다. 소다. 목동이다.

이 밖에 그가 아직 그려 본 것이 무엇이었던가.

유원幽遠한 맛, 단 한 가지밖에 없는 전통적 그림보다 좀더 다른 것을 그려 보고 싶다. 아직껏 스승에게 배운 바의 백발백념의 노옹이나 피리 부는 목동 이외에 좀더 얼굴에 움직임이 있는 사람을 그려 보고 싶다. 표정이 있는 얼굴을 그려 보고 싶다.

이리하여 재래의 수법을 아낌없이 내어던진 솔거는 그로부터 십 년간을 사람의 표정을 그리느라고 세월을 보냈다.

그러나 사람의 세상을 멀리 떠나서 따로이 사는 이 화공에게는 사람의 표정이 기억에 가맣다.

상인商人들의 간특한 얼굴, 행인들의 덜 무표정한 얼굴, 새꾼들의 싱거운 얼굴. 그새 보고 지금도 대할 수 있는 얼굴은 이런 따위뿐이다. 좀 더 색채 다른 표정은 없느냐.

색채 다른 표정!
색채 다른 표정!
이 욕망이 화공의 마음에 익고 커가는 동안 화공의 머리에 솟아오르는 몽롱한 기억이 있다.

이 화공의 어머니의 표정이다.

지금은 거의 그의 기억에서 사라졌지만 어린

시절에 자기를 품에 안고 눈물 글썽글썽한 눈으로 굽어보던 어머니의 표정이 가끔 한순간씩 그의 기억의 표면까지 뛰쳐 올랐다.

그의 어머니는 희세의 미녀였다. 대대로 이후의 자손의 미까지 모두 미리 빼앗았던지 세상에 드문 미인이었다.

화공은 이 미녀의 유복자였다.

아비 없는 자식을 가슴에 붙안고 눈물 머금은 눈으로 굽어보던 표정.

철이 든 이래로 자기를 보는 얼굴에서는 모두 경악과 공포밖에는 발견하지 못한 이 화공에게는 사십여 년 전의 어머니의 사랑의 아름다운 얼굴이 때때로 몸서리치도록 그리웠다.

그것을 그려 보고 싶었다.

커다란 눈에 그득히 담긴 눈물. 그러면서도 동경과 애무로서 빛나던 눈. 입가에 떠오르던 미소. 번개와 같이 순간적으로 심안心眼에 나타났다가는 사라지는 이 환영을 화공은 그려 보고 싶었다. 세상을 피하고 세상에서 숨어 살기 때문에 차차 비뚤어진 이화공의 괴벽한 마음에는 세상을 그리는 정열이 또한 그만치 컸다. 그리고 그것이 크면 크니만치 마음속으로 늘 울분과 분만 憤懣이 차 있었다.

지금도 세상에서는 한창 계집 사내들이 서로 부둥켜안고 좋다고 야단할 것을 생각하고는 음울한 얼굴로 화필을 뿌리는 화공.

이러한 가운데서 나날이 괴벽하여 가는 이화공은 한 개 미녀상美女像을 그려 보고자 노심하였다.

처음에는 단지 아름다운 표정을 가진 미녀를 그려 보고자 하였다.

그러나 미녀를 가까이 본 일이 없는 이 화공이 마음대로 되지 않는 붓끝에 역정을 내며 애쓰는 동안 차차 어느덧 미녀상에 대한 관념이 달라 갔다.

자기의 아내로서의 미녀상을 그려 보고 싶어

졌다.

세상은 자기에게 아내를 주지 않는다.

보면 한 마리의 곤충 한 마리의 날짐승도 각기 짝을 찾아 즐기고 짝을 찾아 좋아하거늘 만물의 영장인 사람이 짝 없이 오십 년을 보냈다 하는 데 대한 분만이 일어났다.

세상 놈들은 자기에게 한 짝을 주지 않고 세상 계집들은 자기에게 오려는 자가 없이 홀몸으로 일생을 보내다가 언제 죽는지도 모르게 이 산골에서 죽어 버릴 생각을 하면 한심하기보다 도리어 이렇듯 박정한 사람의 세상이 미웠다.

세상이 주지 않는 아내를 자기는 자기의 붓끝으로 만들어서 세상을 비웃어 주리라.

이 세상에 존재한 가장 아름다운 계집보다도 더 아름다운 계집을 자기 붓끝으로 그려서 못나고도 아름다운 체하는 세상 계집들을 웃어 주리라.

덜난 계집을 아내로 맞아 가지고 천하의 절색

이라 믿고 있는 사내놈들도 깔보아 주리라.

사오 명의 처첩을 거느리고 좋다구나고 춤추는 헌놈들도 굽어보아 주리라.

미녀! 미녀!

눈을 감고 생각하고 눈을 뜨고 생각하고 머리를 움켜쥐고 생각해 보나 미녀의 얼굴이 어떤 것인지 알 수가 없었다.

물론 얼굴에 철요가 없고 이목구비가 제대로 놓였으면 세상 보통의 미인이라 한다. 그런 얼굴에 연지나 그리고 눈에 미소나 그려 놓으면 더 아름다워지기는 할 것이다. 이만것은 상상의 눈으로도 볼 수가 있는 자며 붓끝으로 그릴 수도 없는 바가 아니다.

그러나 감한 어린 시절의 어머니의 얼굴을 순영적瞬影的 으로나마 기억하는 이 화공으로서는 그런 미녀로 만족할 수가 없었다.

오뇌와 분만 중에서 흐르는 세월은 일 년 또 일 년 무위히 흘러간다.

미녀의 아랫동이는 그려진 지 벌써 수년. 그 아랫동이 위에 올려 놓일 얼굴은 어떻게 하여야 지 짐작도 가지 않았다.

화공의 오막살이 방 안에 들어서면 맞은편에 걸려 있는 한 폭 그림은 언제든 어서 목과 얼굴을 그려 주기를 기다리듯이 화공을 힐책한다.

화공은 이것을 보기가 거북하였다.

특별한 일이라도 있기 전에는 낮에 거리에 다니지 않던 이 화공이 흔히 얼굴을 싸매고 장안을 돌아다녔다.

행여나 길에서라도 미녀를 만날까 하는 요행심으로였다. 길에서 순간적으로라도 마음에 드는 미녀를 볼 수만 있으면 그것을 머리에 똑똑히 캐치하여 그 기억으로써 화상을 그럴까 하는 요행심으로……

그러나 내외법이 심한 이 도회에서 대낮에 양가의 부녀가 얼굴을 내놓고 길을 다니지 않았다. 계집이라는 것은 하인배나 하류배뿐이었다.

하인배 하류배에도 때때로 미녀라 일컬을 자가 있기는 있었다. 그러나 아무리 산뜻한 미를 갖기는 했다 하나 얼굴에 흐르는 표정이 더럽고 비열하여 캐치할 만한 자가 없었다.

얼굴을 싸매고 거리로 방황하며 혹은 계집들이 많이 모이는 우물가며 저자를 비슬비슬 방황하며 어찌어찌하여 약간 이쁜듯한 계집이라도 보이면 따라가면서 얼굴을 연구해 보고 했으나 마음에 드는 미녀를 지금껏 얻어 내지를 못하였다.

혹은 심규深閨에는 마음에 드는 계집이라도 있을까. 심규! 심규! 한번 심규의 계집들을 모조리 눈앞에 벌여 세우고 얼굴 검사를 하여 보았으면……

초조하고 성가신 가운데서 날을 보내고 날을 맞으면서 미녀를 구하던 화공은 마지막 수단으로 친잠상원親蠶桑園에 들어가서 채상採桑하는 궁녀의 얼굴을 얻어 보려 하였다. 그러나 불행히도 화공의 모험도 헛길로 돌아가고 그날은 채상을 하러 오지도 않았다.

그러나 때 바야흐로 누에 시절이라 길만성 있게 기다리노라면 궁녀의 오는 날도 있을 것이다. 미녀— 아내의 얼굴을 그리려는 욕망에 열이 오르고 독이 난 이 화공은 그 이튿날도 또 뽕밭에 들어가 숨었다. 숨어 기다리지 않을 수가 없었다.

그로부터 한 달, 화공은 나날이 점심을 싸가지고 상원으로 갔다. 그러나 저녁때 제 오막살이로 돌아올 때는 언제든 그의 입에서는 기다란 탄식성이 나왔다.

궁녀를 못 본 바가 아니었다.

마치 여기 숨어 있는 화공에게 선보이려는 듯이 나날이 궁녀들은 번갈아 왔다. 한 떼씩 밀

려와서는 옷소매 치맛자락을 펄럭이며 뽕을 따
갔다. 한 달 동안에 합계 사오십 명의 궁녀를 보
았다.

모두 일률로 미녀들이었다. 그리고 길가 우물
가에서 허투루 볼 수 있는 미녀들보다 고아高雅한
얼굴에는 틀림이 없었다.

그러나 그 눈. 화공의 보는 바는 눈이었다.

그 눈에 나타난 애무와 동경이었다. 철철 넘
어 흐르는 사랑이었다. 그것이 궁녀에게는 없었
다. 말하자면 세상 보통의 미녀였다.

자기에게 계집을 주지 않는 고약한 세상에게
보복하는 의미로 절세의 미녀를 차지하고자 하
는 이 화공의 커다란 야심으로서는 그만 따위의
미녀로 만족할 수가 없었다.

오막살이로 돌아올 때마다 그의 입에서 나오
는 기다란 한숨, 이런 한숨을 쉬기 한 달─그는
다시 상원에 가지 않았다.

가을 하늘 맑고 푸르른 어떤 날이었다.

마음속에 분만과 동경을 가득히 담은 이 화공은 저녁 쌀을 씻으러 소쿠리를 옆에 끼고 시내로 더듬어 갔다.

가다가 문득 발을 멈추었다.

우거진 소나무 틈으로 보이는 시냇가 바위 위에 웬 처녀가 하나 앉아 있다. 솔가지 틈으로 내리비치는 얼룩지는 석양을 받고 망연히 앉아서 흐르는 시냇물을 내려다보고 있다.

웬 처녀일까.

인가에서 꽤 떨어진 이곳. 사람의 동리보다 꽤 높은 이곳. 길도 없는 이곳― 아직껏 삼십 년간을 때때로 초부나 목동의 방문은 받아 본 일이 있지만 다른 사람의 자취를 받아 보지 못한 이곳에 웬 처녀일까.

화공도 망연히 서서 바라보았다. 바라볼 동안 가슴에 차차 무거운 긴장을 느꼈다.

한 걸음 두 걸음 화공은 발소리를 감추고 나아갔다. 차차 그 상거가 가까워 감을 따라서 분

명하여 가는 처녀의 얼굴.

화공의 얼굴에는 피가 떠올랐다.

세상에 드문 미녀였다. 나이는 열일여덟. 그 얼굴 생김이 아름답다기보다 얼굴 전면에 나타난 표정이 놀랄 만치 아름다웠다.

흐르는 시내에 눈을 부었는지 귀를 기울였는지 하여간 처녀의 온 주의력은 시내에 모여 있다. 커다랗게 뜨인 눈은 깜박일 줄도 잊은 듯이 황홀한 눈으로 시내를 굽어보고 있다.

남벽藍碧의 시냇물에는 용궁龍宮이 보이는가. 소나무 그루에 부딪쳐서 튀어나는 바람에 앞머리를 약간 날리면서 처녀가 굽어보고 있는 것은 무엇인가.

처녀의 공상과 정열과 환희가 한꺼번에 모인 절묘한 미소를 눈과 입에 띠고 일심불란히 처녀가 굽어보는 것은 무엇인가.

아아.

화공은 드디어 발견하였다. 그새 십 년간을 여항의 길거리에서 혹은 우물가에서 내지는 친잠상원에서 발견하여 보려고 애쓰다가 종내 달하지 못한 놀랄 만한 아름다운 표정을 화공은 뜻 안 한 여기서 발견하였다.

화공은 걸음을 빨리하였다. 자기의 얼굴이 얼마나 더럽게 생겼는지 이 처녀가 자기를 쳐다보면 얼마나 놀랄지 이 점을 온전히 잊고 걸음을 빨리하여 처녀의 쪽으로 갔다.

처녀는 화공의 발소리에 머리를 번쩍 들었다. 화공을 바라보았다. 그 무한히 먼 곳을 바라보는 듯한 기묘한 눈을 들어서.

"아."

가슴이 무득하여 무슨 말을 하여야 할지 망설이며 화공이 반벙어리 같은 소리를 할 때에 처녀가 먼저 입을 열었다.

"여기가 어디오니까."

여기가 어디?

"여기는 인왕산록 이름도 없는 곳이지만 너는 웬 색시냐?"

"네……."

문득 떠오르는 적적한 표정.

"더듬더듬 시내를 따라왔습니다."

화공은 머리를 기울였다. 몸을 움직여 보았다. 무한히 먼 곳을 바라보는 듯한 처녀의 눈은 그냥 움직임 없이 커다랗게 뜨여있기는 하지만 어디를 보는지 무엇을 보는지 알 수가 없다. 드디어 화공은 부르짖었다.

"너 앞이 보이느냐?"

"소경이올시다."

소경이었다. 눈물 머금은 소리로 하는 이 대답을 듣고 화공은 좀더 가까이 갔다.

"앞도 못 보면서 어떻게 무얼 하려 예까지 왔느냐?"

처녀는 머리를 푹 수그렸다. 무슨 대답을 하는 듯하였으나 화공은 알아듣지 못하였다. 그러나 화공으로 하여금 적이 호기심을 잃게 한 것은 처녀의 얼굴에 아까와 같은 놀라운 매력 있는 표정이 없어진 것이었다.

그만하면 보기 드문 미인임에는 틀림이 없다. 그러나 아까 화공이 그렇듯 놀란 것은 단지 미인인 탓이 아니었다. 그 얼굴에 나타난 놀라운 매력에 끌린 것이었다.

"불쌍도 허지. 저녁도 가까워 오는데 어둡기 전에 집으로 내려가거라."

이만치 하여 화공은 처녀를 포기하려 하였다. 이 말에 처녀가 응하였다.

"어두운 것은 탓하지 않습니다마는 황혼이 매우 아름답다지요?"

"그럼. 아름답구말구."

"어떻게 아름답습니까."

"황금빛이 서산에서 줄기줄기 비치는구나. 거기 새빨갛게 물든 천하— 푸르른 소나무도 남빛 바위도 검붉은 나무그루도 모두 황금빛에 잠겨서—"

"황금빛은 어떤 것이고 새빨간 빛과 붉은 빛이며 남빛은 모두 어떤 빛이오니까? 밝은 세상이라지만 밝은 빛과 붉은 빛이 어떻게 다르십니까? 이 산 경치가 아름답다는 소문을 듣고 더듬어 왔습니다마는 바람 소리 물물 소리 귀로 들리는 소리밖에는 어디가 아름다운지 알 수가 없습니다."

차차 다시 나타나는 미묘한 표정. 커다랗게 뜨인 눈에 비치는 동경의 물결. 일단 사라졌던 아름다운 표정은 다시 생기기 비롯하였다.

화공은 드디어 처녀의 맞은편에 가 앉았다.

"이 샘줄기를 따라 내려가면 바다가 있구 바다 속에는 용궁이 있구나, 칠색 비단을 감은 기둥과 비취를 아로새긴 댓돌이며 황금으로 만든 풍경. 진주로 꾸민 문설주—"

마주 앉아서 엮어 내리는 이 화공의 이야기에

각일각刻一刻 더욱 황홀하여 가는 처녀의 눈이었다. 화공은 드디어 이 처녀를 자기의 오막살이로 데리고 돌아갈 궁리를 하였다.

"내 용궁 이야기를 들려주마. 너의 집에서 걱정만 안 하실 것같으면."

화공이 이렇게 꼬일 때에 처녀는 그의 커다란 눈을 들어서 유원히 하늘을 우러러보면서 자기네 부모는 병신 딸 따위는 없어져도 근심을 안한다고 쾌히 화공의 뒤를 따랐다.

일사천리로 여기까지 밀려오던 여의 공상은 문득 중단되었다. 이야기를 어떻게 진전시키나?

잡념이 일어난다. 동시에 여의 귀에 들려오는 한 절의 유행가. 여는 머리를 들었다. 저편 뒤 어디 잡인들이 온 모양이다. 그 분요가 무의식중에 귀로 들어와서 여의 집중되었던 머리를 헤쳐놓는다.

귀찮은 가사歌師들이여. 저주받을 가사들이

여.

이 저주받을 가사들 때문에 중단된 이야기는 좀체 다시 모이지 않았다.

그러나 결말 없는 이야기가 어디 있으랴. 되었던 결말은 지어야 할 것이 아닌가.

그러면 그 화공은 처녀를 데리고 제 오막살이로 돌아와서 용궁 이야기를 들려주면서 그동안에 처녀의 얼굴을 그대로 그려서 십 년래의 숙망을 성취하였다는 결말로 맺어 버릴까?

그러나 이런 싱거운 결말이 어디 있으랴? 결말이 되기는 되었지만 이따위 결말을 짓기 위하여 그런 서두는 무의미한 자다.

그러면?

그럼 다르게 결말을 맺어 볼까?

화공은 처녀를 제 오막살이로 데리고 돌아왔다. 그리고 처녀에게 용궁 이야기를 들려주었다. 그러나 아까 용궁 이야기로 초벌 들은 처녀는 이번은 그렇듯 큰 감흥도 느끼지 않는 모양으로 그다지 신통한 표정도 보이지 않았다. 화공의 계획은 수포로 돌아갔다. 화공은 그 그림을 영 미완품 채로 남기지 않을 수 없었다

역시 마음에 들지 않는 결말이다.

그럼 또다시—

화공은 처녀를 데리고 돌아왔다. 돌아와서 처녀를 보면 볼수록 탐스러워서 그림은 집어던지고 처녀를 아내로 삼아 버렸다. 앞을 못 보는 처녀는 이 추하게 생긴 화공에게도 아무 불만이 없이 일생을 즐겁게 보냈다. 그림으로나 아내를 얻으려던 화공은 절세의 미녀를 아내로 얻게 되었다.

역시 불만이다.

귀찮고 성가시다. 저주받을 유행 가사여.

여는 일어났다. 감흥을 잃은 이 자리에 그냥 앉아 있기가 싫었다. 그냥 들리는 유행가. 그것이 안 들리는 곳으로 자리를 옮기자.

굽어보매 저 멀리 소나무 틈으로 한 줄기 번득이는 것은 아까의 샘물이다.

그 샘물로, 가장 이 이야기의 원천이 된 그 샘으로 내려가자.

벼랑을 내려가기는 올라가기보다 더 힘들었다. 올라가는 것은 올라가다가 실수하여 떨어지면 과즉 제자리에 내린다. 그러나 내려가다가 발을 실수하면 어디까지 굴러갈지 예측할 길이 없다. 잘못하다가는 청운동靑雲洞 어구까지 굴러갈는지도 모를 일이다. 게다가 올라갈 때에는 도움이 되던 스틱조차 내려갈 때에는 귀찮기 짝이 없다.

반 각이나 걸려서 여는 드디어 그 샘가에 도달하였다.

샘가에는 과연 한 개의 바위가 사람 하나 앉기 좋을 만한 자리가 있다. 이 바위가 화공이 쌀 씻던 바위일까. 처녀가 앉아서 공상하던 바위일까. 그 아래를 깊은 남벽으로 알았더니 겨우 한 뼘 미만의 얕은 물로서 바위 위를 기운 없이 뚤 뚤 흐르고 있다.

그러나 이 골짜기는 고요하기 짝이 없었다. 바람 소리도 멀리 위에서만 들린다. 그리고 소나무와 바위에 둘러싸여서 꽤 음침한 이 골짜기는 옛날 세상을 피한 화공이 즐겨 하였음직하다.

자, 그러면 이 골짜기에서 아까 그 이야기의 꼬리를 마저 지을까.

화공은 처녀를 데리고 오막살이로 돌아왔다.

그의 마음은 너무도 긴장되고 또한 기뻐서 저녁도 짓기 싫었다. 들어와 보매 벌써 여러 해를 멀리 달리기를 기다리는 족자의 여인의 몸집조차 흔연히 화공을 맞는 듯하였다.

"자, 거기 앉어라."

수년간 화공을 힐책하던 머리 없는 그림이 화공의 앞에 펴졌다. 단청도 준비되었다.

터질 듯 울렁거리는 마음으로 폭 앞에 자리를 잡은 화공은 빛이 비치도록 남향하여 처녀를 앉히고 손으로는 붓을 적시며 이야기를 꺼내었다.

벌써 황혼은 인제 얼마 남지 않은 오늘 해로써 숙망을 달하려 하는 것이었다. 십 년간을 벼르기만 하면서 착수를 못 하기 때문에 저축되었던 화공의 힘은 손으로 모였다.

"그러구— 알겠지?"

눈으로는 처녀의 얼굴을 보며 입으로는 용궁 이야기를 하며 손은 번개같이 붓을 둘렀다.

"용궁에는 여의주如意珠라는 구슬이 있구나. 이 여의주라는 구슬은 마음에 있는 바는 다 달할 수 있는 보물로서 그 구슬을 네 눈 위에 한번 굴리면 너도 광명한 일월을 보게 된다."

"네? 그런 구슬이 있습니까?"

"있구말구. 네가 내 말을 잘 듣고 있기만 하면 수일 내로 너를 데리고 용궁에 가서 여의주를 빌려서 네 눈도 고쳐 주마."

"그러면 저도 광명한 일월을 볼 수가 있겠습니까."

"그럼. 광명한 일월, 무지개라는 칠색이 영롱한 기묘한 것, 아름다운 수풀, 유수한 골짜기 무엇인들 못 보랴."

"아이구, 어서 그 여의주를 구해서."

아아. 놀라운 아름다운 표정이었다. 화공은 처녀의 얼굴에 나타나 넘치는 이 놀라운 표정을 하나도 잃지 않고 화폭 위에 옮겼다.

황혼은 어느덧 밤으로 변하였다. 이때는 그림의 여인에게는 단지 눈동자가 그려지지 않을 뿐 그 밖엣것은 죄 완성이 되었다. 동자까지 그리고 싶었다. 그러나 이 그림의 생명을 좌우할 눈동자를 그리기에는 날은 너무도 어두웠다.

눈동자 하나쯤이야 밝은 날로 남겨 둔들 어떠랴. 하여간 십년 숙망을 겨우 달한 화공의 심사는 무엇에 비기지 못하도록 기뻤다.

"아— 아."

이 탄성은 오래 벼르던 일이 끝난 때에 나는 기쁨의 소리였다. 이 일단의 안심과 함께 화공의 마음에는 또 다른 긴장과 정열이 솟아올랐다.

꽤 어두운 가운데서 처녀의 얼굴을 유심히 보기 위하여 화공이 잡은 자리는 처녀의 무릎과 서로 닿을 만치 가까웠다. 그림에 대한 일단의 안심과 함께 화공의 코로 몰려 들어오는 강렬한 처녀의 체취와 전신으로 느끼는 처녀의 접근 때문에 화공의 신경은 거의 마비될 듯싶었다. 차차 각일각 몸까지 떨리기 시작하였다. 어두움 가운데서 황홀스러이 빛나는 처녀의 커다란 눈과 정열로 들먹거리는 입술은 화공의 정신까지 혼미하게 하였다.

밝는 날 화공과 소경 처녀의 두 사람은 벌써 남이 아니었다.

"오늘은 동자를 완성시키리라."

삼십 년의 독신 생활을 벗어 버린 화공은 삼십 년간을 혼자먹던 조반을 소경 처녀와 같이 먹고 다시 그림 폭 앞에 앉았다.

"용궁은?"

기쁨으로 빛나는 처녀의 눈.

그러나 화공의 심미안審美眼에 비친 그 눈은 어제의 눈이 아니었다.

아름답기는 다시없는 아름다운 눈이었다. 그러나 그 눈은 사내의 사랑을 구하는 '여인의 눈'이었다. 병신이라 수모받던 전생을 벗어 버리고 어젯밤 처음으로 인생의 봄을 맛본 처녀는 인제는 한 개의 그 지어미의 눈이요 한 개의 애욕의 눈이었다.

"용궁은?"

"용궁에 어서 가서 여의주를 얻어서 제 눈을 띄어 주세요. 밝은 천지도 천지려니와 당신이 어서 눈 뜨고 보고 싶어."

어젯밤 잠자리에서 자기는 스물네 살 난 풍신

좋은 사내라고 자랑한 화공의 말을 그대로 믿는 소경 처녀였다.

"응, 얻어 주지. 그 칠색이 영롱한!"

"그 칠색도 어서 보고 싶어요."

"그래그래, 좌우간 지금 머리로 생각해 보란 말이야."

"네, 참 어서 보고 싶어서."

굽어보면 무릎 앞의 그림은 어서 한 점 동자를 찍어 주기를 기다리고 있다.

그러나 소경의 눈에 나타난 것은 아름답기는 아름다우나 그것은 애욕의 표정에 지나지 못하였다. 그런 눈을 그리려고 십 년을 고심한 것이 아니었다.

"자, 용궁을 생각해 봐!"

"생각이나 하면 뭘 합니까? 어서 이 눈으로 보아야지."

"생각이라도 해보란 말이야."

"짐작이 가야 생각도 하지요."

"어제 생각하던 대로 생각을 해봐!"

"네……"

화공은 드디어 역정을 내었다.

"자, 용궁! 용궁!"

"네……"

"용궁을 생각해 봐! 그래 용궁이 어때?"

"칠색이 영롱하구요."

"그래 또."

"또 황금 기둥, 아니 비단으로 싼 기둥이 있구
요. 또 푸른 진주가!"

"푸른 진주가 아냐! 푸른 비취지."

"비취 추녀던가 문이던가."

"에익! 바보!"

화공은 커다란 양손으로 콱 소경의 어깨를
잡았다. 잡고 흔들었다.

"자, 다시 곰곰이. 용궁은."

"용궁은 바닷속에……"

겁에 띄어서 어릿거리는 소경의 양에 화공은

손으로 소경의 따귀를 갈기지 않을 수가 없었다.

"바보!"

이런 바보가 어디 있으랴. 보매 그 병신 눈은 깜박일 줄도 모르고 허공을 바라보고 있다. 그 천치 같은 눈을 보매 화공의 노염은 더욱 커졌다. 화공은 양손으로 소경의 멱을 잡았다.

"에이, 바보야. 천치야. 병신아."

생각나는 저주의 말을 연하여 퍼부으면서 소경의 멱을 잡고 흔들었다. 그리고 병신답게 멀걸게 뜨인 눈자위에 원망의 빛깔이 나타나는 것을 보고 더욱 힘 있게 흔들었다.

흔들다가 화공은 탁 그 손을 놓았다. 소경의 몸이 너무도 무거워졌으므로.

화공의 손에서 놓인 소경의 몸은 손을 뒤솟은 채 번뜻 나가 넘어졌다. 넘어지는 서슬에 벼루가 전복되었다. 뒤집어진 벼루에서 튀어난 먹 방울이 소경의 얼굴에 덮였다.

깜짝 놀라서 흔들어 보매 소경은 벌써 이 세

상의 사람이 아니었다.

화공은 어찌할 줄을 몰랐다. 망지소조^{茫知所措}
하여 허든거리던 화공은 눈을 뜻 없이 자기의 그
림 위에 던지다가 소리를 내며 자빠졌다.

그 그림의 얼굴에는 어느덧 동자가 찍히었다.
자빠졌던 화공이 좀 정신을 가다듬어 가지고
몸을 겨우 일으켜서 다시 그림을 보매 두 눈에는
완연히 동자가 그려진 것이었다.

그 동자의 모양이 또한 화공으로 하여금 다
시 털썩 엉덩이를 붙이게 하였다. 아까 소경 처
녀가 화공에게 먹을 잡혔을 때에 그의 얼굴에
나타났던 원망의 눈! 그림의 동자는 완연히 그
것이었다.

소경이 넘어지는 서슬에 벼루를 엎는다는 것
은 기이할 것도 없고 벼루가 엎어질 때에 먹 방
울이 튄다는 것도 기이하달 수도 있지만 그 먹
방울이 어떻게 그렇게도 기묘하게 떨어졌을까?
먹이 떨어진 동자로부터 먹물이 번진 홍채에 이

르기까지 어찌도 그렇게 기묘하게 되었을까?

한편에는 송장, 한편에는 송장의 화상을 놓고 망연히 앉아 있는 화공의 몸은 스스로 멈출 수 없이 와들와들 떨렸다.

수일 후부터 한양성 내에는 괴상한 여인의 화상을 들고 음울한 얼굴로 돌아다니는 늙은 광인狂人 하나가 생겼다.

그의 내력을 아는 사람이 없었고 그의 근본을 아는 사람이 없었다. 그 괴상한 화상을 너무도 소중히 여기므로 사람들이 보고자 하면 그는 기를 써서 보이지 않고 도망하여 버리고 한다.

이렇게 수년간을 방황하다가 어떤 눈보라치는 날 돌베개를 베고 그의 일생을 마감하였다. 죽을 때도 그는 그 족자는 깊이 품에 품고 죽었다.

늙은 화공이여. 그대의 쓸쓸한 일생을 여는

조상弔喪하노라. 여는 지팡이로써 물을 두어 번 저어 보고 고즈넉이 몸을 일으켰다.

우러러보매 여름의 석양은 벌써 백악 위에서 춤추고, 이 천고의 계곡을 산새가 남북으로 건넌다.

통칭 곰네였다.

어버이가 지어준 것으로는 길녀_{吉女}라 하는
이름이 있었다. 박_朴가라 하는 성도 있었다. 정
당히 부르자면 '박길녀'였다.

그러나 길녀라는 이름을 지어준 부모부터가
벌써 정당한 이름을 불러주지 않았다. 대여섯 살
나는 때부터 벌써 부모에게 '곰네'라 불렸다. 어
렸을 때부터 어머니가 어린애를 붙안고 늘 곰네,
곰네 하였는지라, 그 집에 다니는 어른들도 저절
로 곰네라 부르게 되었고, 이 곰네에게 길녀라는
정당한 이름이 있는 줄을 아는 사람조차 드물게

되었다. 곰네 자신도 자기가 늘 곰네라는 이름으로 불렸는지라, 제 이름이 곰네인 줄만 알았지 길녀인 줄은 몰랐다. 그가 여덟 살인가 났을 때에 먼 일가 노파가 찾아와서 그를 부름에 길녀야 하였기 때문에, 곰네는 누구를 부르는 소린지 몰라서 제 장난만 그냥 하고 있었다. 그러다가 그 사람이 자기 쪽으로 손을 벌리며, 그냥 길녀야 길녀야 이리 오너라 하고 연방 부르는 바람에 비로소 자기를 부르는 소린 줄을 알았다. 그러고는 그 사람에게로 가지 않고 제 어미에게로 갔다.

"엄마, 엄마. 데 사람이 나보구 길네라구 그래. 길네가 무엉요. 남의 이름두 모르구. 우섭구나, 야!"

어머니가 곰네를 위하여 변명하였다.

"이 엠나이(계집애)! 어른보구 그게 뭐야. —엠나이두 하두 곰통같이 굴어서 곰네라구 곤—다우. —이 엠나이. 좀 나가 놀알!"

"히! 곱다 곱네디 곰통같다구 곰넬까. 곰통

같으믄 곰퉁네디."

"나가 놀알!"

"양우 찍!"

사실 계집애가 하두 곰동지같이 완하고 억세기 때문에 '곰'네였다. 얼굴의 가죽이 두껍고 거칠고 손과 팔의 마디가 완장(견고하고 튼튼함)하고 클 뿐 아니라, 가슴이 턱 벌어져 있고 왁살스럽고, 그 목소리까지도 거칠고 뚝하였다. 머리카락까지도 굵고 뻣뻣하였다. 그에게서 억지로라도 여자다운 점을 찾아내자 하면 그것은 그의 잠꼬대뿐이었다. 잠꼬대에서는 그래도 간간 가냘픈 소리며 아기를 업고 싶어 하는 본능이 보였다. 그 밖에는 여자다운 점은 터럭 끝만큼도 없었다.

이름이 길녀라 하지만 '길' 하다든가 '실' 하다든가 한 점은 얻어낼 수가 없었다. 곱다는 곰네가 아니요 곰동지 같다는 곰네야 말로 명실히 가진 그의 이름이었다.

젖 떨어지면서부터 농터에 나섰다. 농터래야 빈약한 것으로, 풍년이나 들면 간신히 그의 식구(아버지, 어머니, 곰네—이렇게 단 세 사람)의 굶주림이나 면할 정도의 것이었다.

곰네가 농터에 나서면서부터는 어머니의 부담이 훨씬 줄었다. 그의 아버지라는 사람은 농군답지 않은 게으름뱅이에 기력도 적은 사람이어서 보잘 여지없는 소위 망나니였다. 술이나 얻어먹고 투전판이나 찾아다니고 남의 집 여편네나 담 넘어 엿보러 다니는 사람이었다. 농사 때에는 단 내외의 살림이라 하릴없이 농터에 나서기는 하지만 손에 흙을 대기를 싫어하고, 게다가 기운이 없어서 조금 힘든 일을 하면 숨이 차서 당하지를 못하고 게으름, 꾀만 가득 차서 피할 궁리만 공교롭게 하는 사람이었다. 그런지라 아주 쉽고 가벼운 심부름 이상은 하지 않기도 하였거니와 시킨댔자 감당도 못 할 위인이었다. 대여섯 살 나서부터 농사에 어머니에게 몸 내놓고 조력한 곰네가 훨씬 도움이 되었다. 힘과 기운으로도 벌써 아버지보다 승하였거니와, 어린애답게 열이 있고 정성이 있었다.

그런지라 팔구 세 때에는 벌써 농군으로서의 한몫을 당해냈고 농사의 눈치도 어른 등떠먹으리만치 열렸다.

곰네가 열세 살 난 해에 그의 게으름뱅이 아버지가 죽었다. 이 가장의 죽음도 그 집의 경제상에는 아무 영향도 없었다. 극단적으로 말하자면 한 식구 줄었으니 그만치 심(셈)이 폈달 수도 있었다. 살아 있대야 곡식만 소비할 뿐이지 아무 도움도 없던 인물이라 없느니만 못하였다. 그래도 십여 년 살던 정이 그렇지 못하여 곰네의 어머니는 흰 댕기도 드리고 좀 한심스러운 듯이 망연히 하늘을 우러러볼 때도 있기는 하였으나, 생활 자체에는 아무 영향도 없었다. 놀고먹고 귀찮게나 굴던 가장이요, 가사에는 아무 도움이 없었는지라, 가사도 여전하였거니와 인제는 제 한 못 당하는 곰네가 조력을 하는지라, 어머니로서는 훨씬 노력을 덜 하게 되었다. 눈치 있는 곰네가 앞장서서 일하는 것을 어머니는 도리어 보고 있기만 할 때가 많았다.

열다섯 살에 어머니마저 세상을 떠났다.

세상 보통의 처녀로서는 아뜩한 일이었다. 빚은 주는 사람이 없었으니 빚은 없었지만, 남기고 간 것이라는 것은 솥 나부랭이와 부엌 물건 두세 가지, 해진 옷 두세 벌밖에는 아무것도 없는 씻은 듯한 가난한 살림에, 이 집안의 큰 기둥 어머니까지 넘어진 것이다.

그러나 갓 나서부터 여유라는 것을 모르고 지낸 곰네는, 이 점으로는 낭패하지 않았다. 다만 보잘것없는 밭 나부랭이지만, 그래도 그것을 얻어 부치던 것은 어머니의 면面의 덕이라, 그것을 떼이게 된 것이 큰일이었다.

가을에 가서 약간 한 추수라는 것을 가지고 밭 주인(밭 주인이래야 가난한 자작농이었다)을 찾아갔

더니 아니나 다를까,

"아바지 오마니 다 죽었으니 밭 다룰 사람이 없겠구나."

이런 말이 나왔다.

"아버지가 살았으믄 뭘 하댔나요?"

곰네는 반대해보았다.

"아바진 그렇다 해두 오마니가 보디 않았니?"

"오마닌 또 뭘 했나요? 다 내가 했다."

"그래두 체니(처녀) 아이 혼자서야 농살 하나?"

"해요. 꼬박꼬박 추수 들여놨으믄 그만이디오. 내 감당해요."

곰네는 지금껏도 자기가 농사를 죄 맡아서 하던 만큼 자기가 계속하겠다는 데 대해서 딴 의견이 있을 줄은 뜻도 안 하였다. 그렇기 때문에 거기 대해서는 걱정도 않고 대책도 생각지 않았다. 그러나 한 마디 두 마디 하는 동안 좀 의심

스럽게 되었다. 그 밭을 떼려는 눈치를 직각하였
다.

"?"

여기 협위脅威를 느낀 곰네는 그 땅을 그냥 자
기가 보겠다고 처음은 간원하였다. 그다음은 탄
원하였다. 애걸까지 하였다.

그러나 땅 주인은 곰네의 탄원도 애걸도 모
두 일소에 붙이고 말았다.

"체니아이 혼자서두 땅을 보나?"

요컨대 실력 여하를 막론하고 처녀 단 혼잣
살림에는 소작을 맡길 수 없다는 것이었다.

그래서 그 땅을 종내 떼이고 말았다.

그러나 곰네는 겁을 내지 않았다.

빈궁한 중에서 나서 빈한 중에서 자란 그는
빈한이라는 것을 무서워할 줄을 모르는 사람이
었다.

부모에게 물려받은 단칸 오막살이가 있었다.

거기 거처하였다.

이 조그만 마을에서는 모두가 서로 아는 사람이었다. 이집 저집으로 찾아다녔다.

가을 추수 뒤에는 농가에서는 새끼도 꼬고 가마니도 짜고 한다. 곰네는 돌아다니면서 이런 일의 조력을 하였다. 집에 따라서는 일한 품삯으로 돈푼이나 주는 집도 있었고, 혹은 끼니나 먹이고 마는 집도 있었다.

끼니만 먹이고 말든 혹은 돈푼이나 주든, 곰네는 그 보수에 대해서는 아무 욕구도 없었고 아무 불평도 없었다. 먹여주면 다행이었다. 게다가 돈푼이라도 주면 그런 고마운 일이 없었다. 본시 충직하고 욕심이 없는 데다가 간사한 지혜라는 것을 아직 모르는 곰네는, 남의 일 자기 일을 구별할 줄을 몰랐다. 자기가 자기 손으로 착수한 것이면 모두 자기 일이었다. 누가 보건 안 보건 한결같이 열과 성으로 일하였다. 사내들은 담배도 먹고 한담도 하여 헛시간을 보내지만 곰네에게는 그것도 없었다. 아침에 손을 대기 시작하면 점심때도 그냥 일을 하면서 점심을 먹고 저녁때도 캄캄하게 되기까지 그냥 일을 계속하고 —그 위에 살뜰한 가정이 없는 그는 대개는 저녁까지도 그 집 상 귀퉁이에 붙어서 되는대로 먹고하였다.

—삯 헐하고 일 세차게 할뿐더러 부지런히하는 그 동리의 귀한 일꾼의 하나였다.

"곰네는 시집갈 밑천 장만하느라구 데렇게 돈을 몹겠다."

동리 여인들이 이렇게 놀려대어도 아직 시집살림이 어떤 것인지 똑똑히 이해하지 못하는 곰네는,

"훤! 시!"

하고 웃어버리고 마는 것이었다.

"곰네 너 어드런 새서방 얻어 갈래?"

이렇게 농 삼아 물어도 부끄러워할 줄도 모르고 그렇다고 기뻐할 줄도 모르는 곰네였다.

새서방이라든가 시집이라든가 하는 것은 아직 곰네에게는 상상도 못 하는 이상한 물건이었다. 가마니를 짤 때, 새끼를 꼴 때, 사내들과 손이 마주치고, 혹은 잡고 혹은 잡히고 할 때도 훔쳐 버리거나, 치워버릴 줄도 모르고, 마치 사내 사내끼리나 여인 여인끼리와 같은 심정으로 태연히 지내는 그였다.

그 생김생김이며 태도, 행동이 모두 하도 사내 같으므로, 함께 일하는 사내들도 곰네만은 여인같이 생각이 안 가는 모양이었다. 어찌어찌하여 곰네를 붙안아 옮겨놓든가 얼굴을 서로 마주 댈 필요가 생길 때라도 조금도 주저하지 않고 마치 사내끼리인 것과 마찬가지로 행동하였다. 곰네 자신도 역시 그런 심사였다.

처녀 열여덟에 땟국에서도 향내가 난다 한다. 곰네도 사람의 종자라, 열여덟에도 나 보았다.

다른 처녀 같으면 몰래 거울도 보고, 손에 물 칠하여 머리도 빗어보고 낯선 사내 소리라도 나면 문틈으로 내다보고 싶기도 할 나이가 되었다.

그러나 곰네에게는 그런 달콤한 시절은 없었다.

그래도 변한 데가 있었다.

남의 집에서 일하다가 밤늦게 혼자 쓸쓸한 제집으로 돌아오기가 싫은 때가 간간 있었다. 남편이 농터에서 농사짓는데 점심때쯤 그 아내가 밥 광주리를 이고 어린애를 등에 달고 농터로 찾아오는 것이 부러운 생각도 간간 났다. 누구가 혼사를 하였다, 누구가 상처를 하였다. 하는 소문이 귀에 심상치 않게 들리는 때가 잦아졌다.

게다가, 동리 여인들이

"곰네도 시집을 가야디 않나."

"데리다가는 체니루 늙갔네."

하는 소리며,

"부모가 없으니 누가 혼인을 주장해줄 사람

이 있어야디."

"힘 세서 새서방 얻어두 일은 세차게 잘할 테야."

이런 소리들이 차차 귀에 솔깃하게 들렸다.

더구나 그새도 간간 소작 땅이라도 얻으러 가면 그 매번을 '처녀 혼잣살림에 땅을 어떻게 부치느냐'는 말을 들었지만 시재時在 자기가 처녀 혼잣몸이니 어찌할 수 없는 것이라 단념해두었더니, 지금 다시 생각하면, 남편이라는 것을 얻으면 '처녀 혼잣살림'이 아니라, 남의 땅도 얻어 부칠 수가 있고, 남의 땅을 얻어 부치고 그 위에 틈틈이 새끼며 가마니를 짜면 심도 훨씬 펴서 지금 단지 남의 삯일만 하는 것보다는 천승만승할 것이다.

'서방을 하나 얻을까?'

서방의 자격에 대하여도 아무 희망도 요구도 없었다. 농촌이니 사내로 생겨서 농사지을 것은 당연한 일이다. 학식이라든가 인격이라든가 하는 것은 곰네는 그 가치는커녕 존재도 모르는 바다. 곱게 생기고 밉게 생긴 것도 전혀 모르는 바다. 사내로 서방이라는 명칭이 붙는 자면 그것만으로 넉넉하다. 그 이상, 그 이외의 것은 존재도 모르는 바거니와 부럽지도 않고 욕심나지도 않았다.

소작 터를 얻기 위하여—그리고 또 농사에 힘을 아우를 자를 구하기 위하여 서방이 필요하였다.

—이리하여 곰네가 스무 살 나는 해 가을에 동리 노파의 주선으로 혼인을 정하였다. 서방 역시 곰네와 같이 혈혈단신이요, 배운 것도 없고, 나이는 스물다섯이지만 아직 총각이요, 저축도 없는 대신 빚도 없고 어디서 어떻게 굴러먹던 사람인지 삼사 년 전에 단신으로 이 동리에 들어왔고, 이 동리에 들어온 이래로 지금껏 제집이라고는 없이 이 집 윗목 저 집 윗목으로 굴러다니면서 그 집 일을 도와주는 체하면서 끼니를 얻어먹

어 연명을 해오던 초라하기 짝이 없는 사람이었다.

"계집이 없으니 그렇게 디냈다. 에미네(여편네) 얻으믄 그래두 제 몫이야 안 당하리."

"사나이 대당부라니. 에미네 굶길까."

중매한 사람 혹은 조혼한 사람이 모두 이렇게 말하였다. 곰네의 생각으로도, 사내 한 사람이 더 있으면 그만치 심이 펼 것으로, 어서 성혼하면 생활이 좀 넉넉해질 것으로 믿었다.

섣달에 품삯을 셈해 받아 옷 한 벌 장만해가지고, 정월에 들어서 길일을 택하여 성례하였다.

신혼 재미는 꿀과 같다 한다.

그러나 곰네에게 있어서는 생활상에고 감정상에고 아무 변화도 없었다.

혼자 자던 방에 혼자 자던 이불 속에 웬 사내 한 사람이 더 들어온 뿐이었다.

신혼 첫날밤은 동리 여인들이 와서 저녁을 지어주고 이부자리를 펴주었다. 남이 지은 밥을 먹고 남이 깔아준 이부자리에서 잔다는 것은 곰네가 철든 이래 처음 당하는 경험이었다. 뿐더러 여인들은 한사코 곰네에게 못하게 하고 자기네들이 도맡아 보아주었다.

"새색시두 일하나?"

모두들 곰네를 상전이나 모시듯 서둘렀다.

그러나 그 밤을 지내고 이튿날부터는 곰네의 생활은 옛날대로 돌아갔다.

이튿날 아침 예에 의지하며 머리에 수건을 얹고 가마니를 짜러, (좀 넓은 방이 있는) 이 서방네 집으로 가서 예대로 부엌으로 들어섰더니 새색시도 이런 데를 오느냐고 단박에 밀렸다. 그래서 어떡하느냐고 물으매,

"일감을 가지구 너의 집에 가서 알뜰한 서방님하구 마주 앉어서 주거니 받거니 하믄서 일하는 게디, 서방 버려두구 이런 델와? 그래 조반이나 지어 먹었니?"

한다. 그래서 볏짚을 한 아름 안고 제집으로

돌아온 것이었다. 그로부터 곰네는 집 안에서 할 수 있는 일은 제집에서 하였다. 남의 주선으로 조그만 밭도 하나 얻어 부치게 되었다.

성례한 뒤 한동안은 곰네의 새 남편은 대문 밖에를 나가본 일이 없었다. 대문이라야 수수깡으로 두른 울이지만 그 밖까지 발을 내놓아본 적이 없었다. 뜰에까지도 뒷간 출입밖에는 나가보지를 않았다. 꾹 박혀 있었다. 번번 누워서 곰네의 몸만 주물락주물락 어루만지고 있었다. 곰네가 하도 징그럽고 귀찮아서,

"이건 왜 이래."

하며 떼밀면 그는 머쓱하여 손을 떼었다가도 다시 곧 그 동작을 계속하는 것이었다.

어느 날 이 점을 어느 여인에게 하소연하였더니, 그는 씩 웃으며,

"너머 귀해 그르다. 잠자쿠 하자는 대루 하려무나 싫을 게 있니?"

한다.

과연 차차 지내면서 보니까 그 동작이 처음에는 그렇게도 귀찮고 징그럽던 것이 어느덧 그 생각은 없어지고, 차차 멋이 들고 또 좀 뒤에는, 그런 일이 그리워지고, 만약 남편이 그러지 않으면 기다려지고 하게 되었다. 정이 차차 드는 것이었다.

곰네의 얼굴 생김은 그 이름과 같이 '곰' 같아서 완하고 왁살스럽고 둔하였다. 여자다운 데는 한 군데도 없었다. 그가 가장 기뻐서 웃을 때도 얼굴만은 성났는지 웃는지 구별을 하기 힘들 지경이었다. 그 얼굴에다가 그래도 남편을 대할 때는 저절로 만족한 웃음이 나타나고 하였는데 그의 웃음이 그의 얼굴에 어울리지 않았다.

"여보."

제법 여보 소리도 배웠다.

"숭늉 줄까, 냉수 줄까."

"아— 아 이렇게 갈할 땐 막걸리나 한잔 있으믄 숙 내려가갔구만"

"그럼 내 좀 얻어오디."

종기종기 나가는 아내.

"에— 에. 소질이 났는디 기침은 왜 이렇게 나누. 숨이 딱딱 막히네."

"선달네 아즈버니네 집에서 송아질 잡았다는데 한몫 들까?"

"글쎄."

허둥지둥 송아지 추렴에 들려 나가는 아내.

"화기가 났는디 다리가 왜 이리 저려."

"그럼 내 돼지 다리 하나 맡아 올게."

반년 전까지는 알지도 못하던 사내에게 곰네는 온 정성을 다 바쳤다. 아버지에게 바치지 못하였던 정성, 어머니에게 바치지 못하였던 정성을 이 길가에서 주워온 사내에게 죄 바쳤다.

이전에는 밭을 주지를 않던 소지주들도 곰네가 서방 맞이를 한 뒤에는, 조금은 떼어 맡겼다. 욕심이 적은 곰네는 자기가 감당할 수 있는 이상의 논밭은 생각도 내지 않고, 자기 몫에 돌아온 것만 성심성의로 가꾸었다. 거름도 남보다 후히 주었고 손질도 남보다 부지런히 하였다. 가을 조 이삭이 누릿누릿 익어갈 때쯤은 곰네네 밭은 먼발로 볼지라도 남의 것보다 훨씬 충실해 보였다.

처녀 시절에는 처녀 홀몸이라고 손톱만한 밭 하나 못 얻어 부쳤는데 남편이랍시고 얻고 보니 그다지 힘들지 않고 밭 하나를 얻어 부치게 되었다. 마음이 오직 직直하고 근勤한 곰네는 이것도 남편의 덕이라 하여 감지덕지하였다.

그렇다고 남편이 밭에 나서서 일을 하든가 하다못해 김이라도 매는 것이 아니었다. 본시 몸이 약질로 농사를 감당치 못할뿐더러 게으름뱅이로서 농사 같은 일은 하고자 하지도 않았다.

그 위에 곰네는 남편의 몸을 극진히 아꼈다. 저러다가 탈이라도 나면 어찌하나, 몸이라도 다치면 어찌하나, 이런 근심으로, 조금이라도 힘든 일은 애당초 남편에게 맡기지를 않았다. 게으름뱅이 남편은 맡으려 하지도 않고 슬근슬근 아내를 돌아보고 하였다. 남편이 하는 일이라고는, 과즉 아내의 손이 미처 돌지 못하여 "데 거 좀 이리루 광가테주소(저것 좀 이리로 던져주세요)" 혹은 "나 이거 하는 동안, 요 끝을 꼭 누르고 있어요" 하는 등의 지극히 단순한 심부름뿐이었다.

곰네의 얼굴은 못생기고 또 못생겼다. 웬만한 사내 같으면 고금('말라리아'를 이르는 말) 떨어진다 해서 곁에 오지도 않을 만한 추물이었다.

남편도 코 아래 눈이 두 알이나 박혔으매 아내의 얼굴이 못생긴 것쯤은 넉넉히 알 것이었다.

그러나 그는 이 아내를 버리지를 못하였다. 이 아내를 버렸다가는 평생을 홀아비로 지낼 수밖에 다시 아내 얻을 가망이 없었다. 투전꾼(투전꾼이라 하지만 협기 있고 쾌남아 형의 투전꾼이 아니요, 기신기신 투전판을 엿보다가 개평이나 얻어먹는 종류의 투전꾼이었다)이요 위인이 덜 난 위에 게으르기 짝이 없는 그의 남편이 이십오 년간 독신 생활(아니, 총각 생활) 끝에 어쩌다가 우연히 얻어 만난 이 처녀(곰 네)는 그에게는 하늘이 주신 복이요 다시 구하지 못할 금송아지라, 얼굴 생김을 탓할 처지가 못되었다. 얼굴은 어떻게 생겼든 간에, 여인은 여인이요, 옷 지어주고 밥 지어 먹이고 게다가 벌이(농사며 가마니 새끼에 이르기까지)도 혼자 당해내고 남편 되는 사람은 남편이라는 명색 하나만 띠고 지어주는 밥 먹고, 지어주는 옷 입고, 간간 용돈까지도 주며, 펴주는 이부자리에서 자고. 여보 소리도 들어보—이런 상팔자는 다시 만나지 못할 것이었다. 몸이 튼튼하매 병나지 않고 얼굴이 못생겼으매 딴 사내 곁눈질할 걱정 없고 천성이 직하매 속기 잘하고—나무랄 데가 없는 아내였다. 군색한 데서 자랐으니 곤궁을 싫어할 줄 모르고 성내면 왁왁거리기는 하지만 뒤가 없고, 어려서부터 동리의 인심을 샀으니 부족한 물건은 융통할 수 있고—흥부의 박이었다. 배를 가르니 복만 튀어나왔다.

혼인한 첫해는 풍년도 들었거니와 아내의 헌신적 노력으로, 오는 해의 계량이 되고도 남았고, 겨울 동안에 부업이라도 하면적지 않은 저축도 남길 가망이 있었다.

곰네 내외의 새살림은 무사하고 평온한 가운데서 일 년이 지났다.

세상에서 손가락질받던 남편도 일 년 동안은 꿈쩍 안 하고 근신하였다. 지어주는 밥 먹고, 지어주는 옷 입고, 시키는 대로 잔말 없이 일하고 술도 곰네가 받아다 주는 막걸리만으로 참아왔다.

이 이삼십 호 될까 말까 하는 동리에서는 곰네네 집안은 즐거운 집안으로 꼽혔다.

일 년 동안의 근면의 덕으로 돈도 삼사백 냥 앞섰다.

아들도 하나 생겼다.

"사람은 지내봐야 알 거야."

"에미넬(여편넬) 얻으야 사람 한몫 된단 말이다."

"턴덩배필이 아니야? 그 망나니가 사람 될 줄 알았나? 에미넬 얻더니 노상 서방 구실, 애빗 구실 하누라구 씩씩거리믄성 돌아가거던."

"뭘. 에미네 잘 얻은 덕이다. 에미넷 복은 있는 사람이야."

"아니야. 에미네두 그렇다. 턴덩배필 아니구야, 그 상판대길 진저리나서두 하루인들 마주 있을라구. 한자리에서 코 마주 대구…… 에, 나 같으믄 무서워서 하루두 못 살겠네. 가채서 보믄 가채서 볼수록 더 왁살스럽구, 솜털 구녕 하나이 대동문통만큼씩 한 거이 어 무서워."

"그래두 재미만 나서 사는 걸 어떡허나. 옛말에두 안 있소? 곰보에게 정 들이구 보니 얽은 구녕마다 복이 가득가득 찼더라구. 저 보기에 달렸다."

"그렇구말구. 아, 형님네두 그 텁석부리 뒤상

(구레나룻 영감)하구 삼십 년이나 살다 않았소? 에
튀! 수염엔 니 안 끓었습니까?"

"에이, 요 망할 것. 남의 녕감은 왜 들추니?"

"코 풀든 수염에 매닥질 하구, 수염 씻은 건
쩝쩔한 물을 늘 먹구. 더러워! 튀! 튀!"

"듣기 싫다."

"그래두 젊었을 땐 입두 마촤봤소?"

"요곳!"

동리의 평판이었다.

동리를 더럽히던 안 서방이 여편네를 얻은
뒤부터는 딴사람이 된 듯이 단정해진 것도 평판
되었거니와, 못생긴 처녀 곰네가 서방 맞은 뒤부
터는 서방에게 반하여 남의 눈 부끄러운 줄도
모르고 맞붙어 돌아가는 양이 더 평판 되었다.
얌전하고 입 무겁던 곰네가 이렇듯 말 많고(남편
자랑이었다) 들떠 돌아갈 줄은 꿈밖이었다. 마치
십 육칠 세의 숫매기 총각 처녀가 모인 것 같았
다. 노인네들의 눈에는 망측스럽게 보이리만치,

남의 눈을 기이지(남의 눈을 피하다)를 않았다.

　일 년이 지났다.

　또 반년이 지났다.

　정월 중순께였다.

　곰네의 남편 안 서방은, 그해의 추수를 팔러 읍으로 들어갔다. 금년도 풍년도 들었거니와, 금년은 금년 소득을 죄 팔기로 방침을 세웠다. 곰네가 서둘러 주선하여 밭도 좀 더 얻어 부쳐서, 소득도 전보다 훨씬 나았거니, 곡가도 여기와 고을과는 약간의 차이가 있었다. 여기 소득을 전부 고을에 갖다가 팔아서, 작년에 남은 것까지 합쳐서 자그마한 것이나마 제 땅을 좀 마련하고, 단경기(경계의 끝이 되는 시기)까지는 새끼와 가마니며 누에를 쳐서 연명을 하면 새해에는 제 땅의 소득도 얼마는 될 것이다. 농사지은 것을 전부 팔고, 다른 방도로 연명을 하자면 한동안은 곤란은 하겠지만, 그 한동안만 지나면 그 뒤는 훨씬 셈이 펴게 될 것이다. 이러한 몇 해만 꿀꺽 참고 지나면 몇 해 뒤에는 지주의 자세(세도를 부림) 받지 않고도 제 것만 가지고도 빈약한 살림은 할 수가 있을 것이다. 그동안에 자식도 자라면, 자작농과 소작농의 두 가지도 노력만 하면 감당할 수가 있을 것이다.

　—이런 생각으로 곰네는 남편에게 자기네 몫의 전부를 맡겨서 고을로 보낸 것이었다.

　곰네의 꿈은 즐거웠다. 남편이 고을에 갖고 간 곡식을 마음으로 계산해보고, 이즈음 이 근처에 팔려고 내놓은 땅의 값을 비교해보고, 혼자서 웃고 웃고 하였다.

　"얘."

　아직 아무것도 모르는 갓난애였다.

　"우린 이제 밭 산단다. 이담에 너 크믄 다 너 줄 거야. 둏디? 네 밭에서 네가 농사하구, 네가 추수하구. 어서 커라, 아이구 내 새끼야."

　애를 붙안고 쫄레쫄레 춤을 추며 방 안을 이

리저리로 돌아다니는 것이었다. 그리고 지금 팔려고 내놓았다는 밭도, 애를 업고 그 근처를 아닌 듯이 누차 배회하였다.

여기서 고을까지가 일백이십 리—이틀 길이었다. 이틀 가고 하루 쉬고 이틀 돌아오노라면 합해서 닷새가 걸릴 것이었다. 어떻게 하여 하루 지체되면 엿새가 걸릴지도 모를 것이었다.

처음의 이틀, 사흘, 나흘은 몹시 초조하게 지냈다. 아직 기한이 아니니 돌아올 바는 아니지만 마음은 한량없이 초조하였다. 혹은 그 사람도 마음이 급하여 달음박질쳐 가서, 하루에 득달하고, 천행 그 밤으로 흥정이 되고 이튿날 새벽에 그곳서 떠나 당일로 돌아오면—이틀이면 될 것이다. 가능성 없는 이런 몽상까지도 품어보았다. 쓸데없는 일인 줄 번히 알면서도, 돌아오는 길 쪽으로 이십여 리를 찬바람을 안고, 갓난애를 업고 마주 나가서 한나절을 기다려보기도 하였다. 동전 한 푼이 새로운 그는 촐촐 굶으면서 끊어지는 듯이 아픈 등허리를 두드려가면서 한나절을 기다렸다. 돌아올 때는, 그 헛되이 보낸 하루를 단 몇 발이라도 새끼를 꼬았던 편이 훨씬 좋았을 것이라고 후회를 하였지만, 이튿날 하루를 쉬고 (쉰대야 역시 집에서 일을 하였지만) 또 그 이튿날은 또다시 나가보았다. 빨리 오면 이날쯤은 올 듯도 싶었다.

그날도 역시 헛걸음이었다. 또 그 이튿날은 정수로 따지자면 당연히 올 날이라, 곰네는 물론 또 나갔다. 시장해서 돌아올 남편을 위하여, 엿을 반 근이나 사가지고 이른 새벽에 나갔다.

다음 동리 장마당까지 가서 기다렸다.

사람 기다리기같이 어려운 노릇은 없었다. 그새 며칠은, 안 올 줄 뻔히 알면서도 행여나 하여 기다렸다. 이날은 당연히 올 날이므로 더 가슴 답답히 기다렸다.

"애 아바지가 오늘 온다우."

물동이를 이고 지나가다가 곰네의 앞에서

동이를 다시 바로 이는 여인에게 곰네는 밑도 끝도 없이 말을 붙였다.

그 여인은 물동이를 인 채로 곁눈으로 의아한 듯이 곰네를 보면서 대답도 안 하고 지나가 버렸다.

그 근처 어디 우물이 있는 양하여, 물동이 인 여인들이 연락부절連絡不絶로 그의 앞을 오고 간다. 그 매 사람에게 향하여, 곰네는 제 남편이 오늘 돌아오는 것을 자랑하고 싶었다.

야속한 해는 중천에서 서쪽으로 차차 기울었다. 기울면서 차차 바람이 일기 시작하였다. 등의 갓난애는 추운지 악을 쓰면서 울어낸다.

"자장자장, 너 용타. 아바진 지금 말고개쯤 왔갔다. 아바지 오믄 사탕두 주구 왜떡두 주구. 자장자장, 너 용타."

연하여 등의 아이를 들추며 달래며 왔다 갔다 하였다.

울고 울고 울던 끝에 갓난애는 기진하였는

지, 울음을 멈추고 잠이 들었다. 그러나 이때는 어린애 대신으로 곰네가 통곡하고 싶게 되었다.

아무리 짧은 해라 하지만 그 해도 벌써 산허리에 절반이 넘었다. 어린애를 업고 왔다 갔다 하는 동안, 몸집은 혹은 동편으로 혹은 서편으로 일정치 않았지만 눈만은 잠시도 북편 쪽 대로에서 떠나본 적이 없었다. 남편이 오려면 반드시 그 길로 해서야 온다. 지름길도 없다. 곁길도 없다. 가장 가까운 단 한 가락의 길이다. 그 길에서 한때도 헛눈을 판 일이 없거늘 남편은 아직 오지 않는다.

"열 번만 더 갔다 오자."

우물에서 가게까지 한 이십여 집 거리 되는 곳을, 몇백 번 왕복하였는지 모른다. 이때껏 안 온 사람이면 오늘 철로는 올 가망이 없다. 집으로 돌아갈밖에는 도리가 없었다.

그러나 돌아가려니 그래도 마음이 남아서, 열 번을 더 우물까지 왕복하기로 하였다.

열 번을 다 왕복하였지만 기다리는 사람은 여전히 안 나타났다. 헛 왕복이었다.

"더가딤(덤) 열 번만 더......."

열 번을 더 왕복하였다. 그러고도 아무 결과도 못 얻은 그는, 통곡하고 싶은 마음을 억제하고 얼굴을 감추고, 인젠 하릴없이 제집으로 발을 떼었다.

남편은 이튿날도 안 돌아왔다. 또 그 이튿날도 안 돌아왔다. 나흘 만에야 돌아왔다.

동저고리 바람으로 옷고름이 통 뜯기고, 흙투성이가 되고 참담한 꼴이었다.

"아이구머니, 이게 웬일이오?"

"오다가 아찻고개에서 불한당을 만나서……."

"그래 몸이나 상한 데 없소?"

"몸은 안 상했지만, 돈은 동전 한 닢 없이 홀짝 뺏겼군."

아뜩하였다.

"몸 다틴 데 없으니 다행이다. 그래 언제 그랬소?"

"─그저께로군."

"그럼 그저께까진 어디 있었소?"

"아니, 그그저께인가."

"그 전날은?"

"그 전날이야 고을 있었디."

"고을은 뭘 하레 사흘 나흘씩 있었소?"

"어, 춥다."

남편은 정면으로 대답지 않고 이불을 내려 폈다.

"봉변했으믄 왜 곧 집으로 오디 않았소?"

"에이, 한잠 자야겠군."

남편은 그냥 옷을 입은 채 자리도 안 펴고 이불 아래로 들어가서 머리까지 푹 썼다.

"배고프지 않소? 찬밥밖에 밥두 없는데."

남편은 들었는지 못 들었는지, 이불을 뒤집어쓰고 대답도 않는다.

곰네는 기가 막혔다. 보매 상한 데는 없는 모양이니 그편은 마음이 놓이지만, 일 년간의 정성과 커다란 희망이 물거품으로 돌아간 것이 딱기가 막혔다. 이불을 뒤집어쓰고 누워 있는 남편의 곁에 갓난애를 업고 앉아서 몸을 앞뒤로 흔들면서 망연히 앉아있었다.

지금 잃어버린 그만큼을 다시 만들려면 일년 나마를 다시 공을 들여야 하겠고, 그러고도, 풍년이 계속되고, 우환이 없고, 다른 아무 고장도 없어야 할 것이다.

그 노력도 노력이려니와 과거에 들인 공과 노력이 그렇게도 맹랑히 꺾여나가니, 지금 같아서는 눈앞이 아득할 뿐이지, 새 용기가 생길 듯싶지도 않았다.

무심 중 한숨만 기다랗게 나오고 하였다.

이 마을에는 이상한 소문 하나가 퍼졌다.

—곰네의 남편 안 서방은 아내에게 나락을

맡아가지고 고을로 가서 팔아서 투전을 하여 홀 짝 잃어버렸다. 그러고는 집에 돌아갈 면목이 없 어서 불한당을 만난 듯이 옷을 모두 찢고 험상스 러운 꼴을 해가지고 제집으로 돌아왔다. 며칠을 앓는 시늉까지 하였다—이런 소문이었다.

그러나 하도 작고 다른 데로 통할 길이 없는 마을이라 서로 쉬쉬하여, 그 소문은 곰네의 귀에 까지는 안 들어갔다.

이런 소문은 있건 말건, 춘경기에는 또 금년 의 생활을 위하여, 곰네는 남편을 독촉하여 벌 에 나섰다. 금년 봄에는 빈약하나마 자터 약간 을 장만하려던 것이 꿈으로 돌아간 것이 기막히 기는 하나, 작년의 실패를 금년에 회수할 생각으 로 더욱 용기를 돋워가지고 나선 것이었다.

저 밭을 사리라—찬바람을 무릅쓰고 갓난 애를 업고 몇 번을 돌본 그 밭을 먼발로 바라볼 때에 입맛이 썼다. 금년은 꼭 그보다 나은 땅을 장만하고야 말겠다고 스스로 굳은 힘을 썼다.

그러나 이 봄부터 남편의 태도가 좀 다른 데가 보였다.

일터에서 일을 하다가라도 틈을 엿보아 몰래 빠져나간다. 빠져나갔다가 한참 있다가 몰래 돌아오는데, 돌아와서는 슬슬 피하지만 가까이서 맡으면 약간 술 냄새가 나고 하였다.

"어디 갔댔소?"

아내가 이렇게 물으면, 남편은,

"너머 졸려서 수수밭 고랑에서 한잠 잤군."

하면서 사뭇 졸린다는 듯이 기지개를 하고 하였다.

그런 일이 여러 번 있었다.

남을 의심할 줄 모르는 곰네도 마지막에는 종내 의심을 품지 않을 수가 없었다.

어떤 날, —이날은 꼭 잡으리라 하고 눈치만 엿보고 있었다. 아니나 다를까 한참 엿보니까, 슬금슬금 눈치를 보다가 밭고랑 속으로 몸을 감춰버린다.

고랑으로 숨어서 가는 남편을 곰네는 먼발로 뒤를 밟았다. 남편은 밭들을 다 지나서 마을 어귀까지 이르러서는 한 번 뒤를 돌아본 뒤에 어떤 술집으로 들어가 버린다.

곰네는 쫓아갔다. 울 뒤로 돌아가면 뒤뜰이 있다. 곰네는 뒤뜰로 돌아가서 낟가리 뒤에 숨어서 엿들었다.

방 안에서는 상을 갖다놓는 소리며 술잔 소리도 들렸다. 부어라 먹어라가 시작되는 모양이었다. 그 가운데는 계집의 소리도 섞여 있었다.

곰네는 좀 나섰다. 안의 소리도 좀 듣고 싶었다. 그때 마침 사내의 소리로,

"떡돌에 눈코 그린 거 알아 있니?"

계집의 소리로—

"그만두소, 안상 성나갔소."

사내 소리로—

"이 자식아. 거기다가 아일 만들 생각이 나든?"

계집의 소리로—

"방상은 눈 뜨구 잡니까? 눈 감구야 곱구 미운 걸 아나? 눈 감구라두 아이만 만들었으믄 됐디."

곰네는 더 참을 수가 없었다. 직한 사람은 노염도 더 크다. 잠든 애를 짚 위에 가만히 내려놓았다. 양팔을 높이 걷었다. 다음 순간 문을 박차면서 안으로 뛰어들었다.

들어서는 발 앞에 계집이 있었다. 계집의 머리채를 왼손으로 움켜잡았다. 그 곁에 남편이 있었다. 오른손으로 남편의 멱을 잡았다. 다른 사내는 문을 차고 도망쳤다.

"이놈의 엠나이. 뭐이 어쩌구 어째!"

계집의 머리채를 움켜잡아가지고 그것으로 남편의 이마를 받았다. 그러고는 남편의 머리를 잡아 계집의 면상을 받았다.

"그래 떡돌에 맞아봐라."

이름 맞추 곰같이 성난 그는 곰같이 좌충우

돌하였다. 약골의 남편, 술장사 계집, 모두가 이 성난 곰을 당할 수가 없었다.

"여보 마누라, 마누라."

"내가 떡돌이디 왜 마누라야."

"내야 언제 그럽디까. 여보 마누라."

여보 마누라라 불리는 것은 곰네의 생전 처음이었다. 성난 가운데 반가웠다.

"내가 떡돌이믄 넌 떡메가?"

"여보 마누라. 내가 언제 그럽디까. 내가 우리 마누랄 왜 험굴할까?"

"방금 한 건 뭐이구?"

그러나 곰의 울뚝뱉은 벌써 적지 않게 삭은 때였다.

"마누라. 내가 하두 목이 텁텁해서 막걸리라두 한잔 할라구 왔더니 그 망할 놈들이 그런 소릴 하는구만. 나두 분해서 그놈들하구 한판 해 볼래는데 마누라 잘 왔소. 어, 내 속이 시원하군."

"흥. 이 엠나이 매 맞은 게 알끈하디."

"그게 무슨 소리라구 그냥 한담. 자 갑시다. 우리 당손이는 어디 있소?"

—이리하여 내외는 그 집에서 나왔다.

그날은 무사히 평온하게 일이 끝장 지었다.

그러나 남편의 못된 버릇은 좀체 고쳐지지 않았다. 본시 곰네와 만나기 전부터 깊이 젖었던 버릇이었다. 곰네와 만난 뒤 한동안은 스스로 근신함인지 혹은 새 아내를 맞은 체면상 억지로 참음인지 또는 새 아내가 무서워서 그만둠인지, 한동안은 못된데 다니는 버릇이 없어졌다. 그렇던 것이 곡식을 팔러 고을에 들어간 때 우연히 또다시 접촉하기 시작해서, 그 뒤에는 집에 돌아와서도 틈틈이 아내의 눈을 기이면서 그 방면으로 다녔다.

한번 술집에서 들켜서 큰 소란을 일으키고 아내를 달래서 집으로 돌아오면서도, 아내를 속여서 자기는 누구 만날 사람이 있으니 잠깐 돌아가겠다고 아내만 돌려보내고 자기는 술집으로 다시 돌아섰던 것이었다.

그 뒤에도 돈만 생기든가, 안 생기면 아내의 주머니를 뒤져서까지라도, 틈틈이 그 방면으로 다녔다. 그것으로 아내와 싸우기도 수없이 싸웠고, 기력이 약한 그는 싸울 때마다 아내에게 눌려서 숨을 허덕거리며 다시는 쇠아들 치고 그런데 안 다니고 맹세하고 하였지만 그 맹세를 하면서도, 어디 비어져 나갈 기회나 틈새를 생각하는 그였다.

그들의 살림은 나날이 빈약해가고 나날이 영락되어갔다.

못된 곳에 출입하는 도수가 잦아지면서는 남편은 일손을 다시 잡지 않았다. 못된 데 출입하는지라 돈의 쓸데가 더 많아진 그는, 어떤 때는 아내를 달래고 어떤 때는 속이고 어떤 때는 싸우고 어떤 때는 훔치기까지 해서 제 용돈을 썼다.

아내는 살을 깎고 뼈를 갈아가면서 일했다. 남편이 다시 일터에 나서지 않는지라 남편의 노력까지 저 혼자서 맡아서 하였다.

푼푼이 돈이 앞설 때도 있었다. 남편만 없으면 좀 앞세워놓고 살아갈 수도 있었다.

그러나 돈에 대한 불가사리 남편이 등 뒤에 달려 있는지라, 어쩔 도리가 없었다.

마음이 왈왈하고도 직한 곰네는, 아무리 남편을 밉다 보고 다시는 그의 말을 안 믿으리라 굳게 결심하지만 남편이 들어와서 그의 등을 쓰다듬으며, 양간한(세련되고 맵시가 있는) 소리로 여보 마누라, 마누라, 하면, 그의 굳게 먹었던 결심도 봄날 눈과 같이 사라지고 마는 것이었다. 그리고, 깊이 감추었던 주머니를 꺼내어 남편 마음대로 쓰라고 내맡기는 것이었다.

"내가 민해."

남편이 나간 뒤에 텅 빈 주머니를 만져보며 스스로 후회하고, 다시는 안 속으리라고 또다시 결심하지만, 그 결심할 때조차, 이 결심이 끝끝내 버티어질지 못 질지 스스로 자신이 없었다.

어떤 날 곰네는 고을 장에 갔다.

언제든 그는 장에 갈 때는 애전에 집에서 조떡을 만들어가지고 가서 그것으로 요기를 하는 것이었다.

그날도 집에서 남편이 하도 조르므로 돈 이 원을 주고 나선 것이었다. 주기는 했지만 장에까지 와서 보니, 아까웠다. 자기는 십오 전어치 떡을 사 먹기가 아까워서 집에서부터 조떡을 만들어가지고 오고, 목이 메는 조떡을 물 한 방울 없이 먹는데 남편은 좋다꾸나 하고 흥청히 술만 먹고 있을 생각을 하니 자기가 아끼는 것이 어리석고 헛일 같았다.

시장하여 보따리를 펴고 조떡을 꺼내었다. 목이 메고 텁텁한 위에 속조차 심란하여 먹기 싫은 것을 장난삼아 한 입 두 입 먹고 있노라니까, 무엇이 곁에서 종알종알한다. 그쪽으로 돌아보니 열아믄 살쯤 난 사내애가 하나 자기더러 무엇을 청구하는 것이었다.

"무얼?"

"나 떡 하나."

조떡을 하나 달라는 것이었다. 곰네는 어차피 자기는 먹기 싫은 위에 그 애가 매우 시장해 보이므로 큼직한 것 두 덩이를 주었다. 그랬더니 그 애는 단숨에 두 개를 다 먹었다.

"또 하나 달란?"

그 애는 머리를 끄덕끄덕하였다. 또 두 개를 내주었다. 그 애는 하나는 단숨에 또 먹었지만, 나머지 한 개는 절반만큼 먹고는 더 못 먹겠는지 멈추고 만다.

"더 먹으렴."

"아이 배불러."

"너 조반 못 먹었니?"

그 애는 머리를 끄덕였다.

"왜? 오마니가 안 해주든?"

"오마닌 죽었어."

"가엾어라. 아버지두 없구?"

"아바진 술만 먹다가 어디 갔는디 나가구 말았어. 나 혼자야."

곰네는 가슴이 뭉클하였다. 등에서 쌕쌕 잠자는 아이를 황급히 앞으로 돌려 안았다. 머리를 숙였다. 자기의 머리로 사랑하는 아이의 뺨을 문질렀다.

아버지라는 사람은 아이에게는 남이로구나. 술값 이 원은 아깝지 않되 어린애 사탕값 일 전은 아끼는 자기의 남편.

—내가 살아야겠다. 내가 살아야 이 아이가 산다. 어떤 일이 있는 어떤 곤경이 있든 결단코 넘어져서는 안 된다. 내가 넘어지면 이 아이까지도 아울러 넘어진다!

"야. 당손아. 너 뭘 가지고 싶으니 뭘 먹구 싶으니. 아무 게나 네 마음에 있는 걸 말해라."

잠자는 아이였다. 잠자는 아이를 깨워서 그

뺨을 비벼대며 물었다.

어린애는 깨면서 제 눈 딱 맞은편에 어머니의 얼굴이 있는 것을 보고 안심한 듯이 기다랗게 기지개를 한다.

"얘."

곰네는 거지 아이를 돌아보았다.

"너두 엄마 아빠 다 없으니 오즉 궁진하구 출출하겠니. 나하구 가자. 내 너 먹구픈 거 가지구픈 거 다 사줄게 이리 오나라."

자기의 아들은 앞으로 돌려 안아 그 부드러운 뺨에 자기의 뺨을 비벼대며, 거지 아이를 달고 시장 쪽으로 향하여 갔다.

대탕지 아주머니

태양은 매일 떴다는 지고 졌다는 다시 뜨고 ―같은 일을 또 하고 한다. 우리의 사는 땅덩어리도 역시 마찬가지로 몇억만 년 전부터 매일 돌고 구르고 하여서 오늘까지 왔으며 장차 또한 언제까지 같은 일을 또 하고 또 하고 할는지 예측도 할 수 없다.

　진실로 놀라운 참을성이며 경탄할 인내다.

　이와 같은 땅덩어리에 태어난 인간이거니 인간 사회라 하는 것이 역시 무의미하고 싱거운 일을 또다시 거듭하고 또 거듭하고 하는 것과 과히 조롱할 바가 아닌가 한다. 아무리 옛날 성현聖

賢이 '전철前轍'이라는 숙어까지 발명하여가지고 사람들이 경계하나 도대체 사람이라는 것이 생활을 경영하는 땅덩어리가 그러고 보니 사람인들 어찌 '전철'을 보고 주의하랴.

대관절 남의 일인 듯이 초연한 방관적傍觀的 태도로 이런 소리를 쓰고 있는 나부터가 역시 지구地球에 사는 한 개 범인의 예에 벗어나지 못하여 소위 소설이라고 쓰는 것이 이십 년 전 것이나 십 년 전 것이나 지금 것이나 모두 다 비슷비슷한 소리를 소설에 나오는 인물들의 이름만 다르게 하여가지고 좋다고 스스로 코를 버룩거리니 이것은 모두 우리의 숙명이라 어찌할 수가 없는가 보다.

하여간 기위(이미) 잡은 붓이니, 비슷비슷한 소리건 어쩌건 쓰려는 이야기를 하나 써보자. 같은 소리밖에 내지 못하는 레코드를 틀어놓고도 매일 그만치 좋다고 덤비어대는 이 세상에서 소설 장이라고 꼭 매번 색다른 이야기만을 쓰라는 법도 없겠지.

　카페의 여급, 술집의 나까이伸居(접대부)들은 그
이름 끝에 '꼬' 자를 붙이는 것을 원칙으로 한다.
하나꼬, 유끼꼬, 사다꼬, 심지어는 메리꼬, 보비
꼬까지도 있는 세상이다.

　그 예에 벗어나지 못하여, 내가 지금 쓰려는
이야기의 주인공은 '다부꼬'라는 이름을 가졌다.

　다부꼬라는 이름에 관하여 특별한 로맨스라
든가 이유라든가 하는 것은 없다. 그가 어렸을
적에(젖 먹을 때 전후) 무슨 기쁜 일이든가 좋은 일
을 만나면,

　"다부다부."

　하며 엉덩춤을 추고 하였다는 이야기가 전해
오므로 그가 '나까이'로 출세함에 임하여 이 경
사스러운 말에 '꼬' 하나를 더 붙여서 자기의 이
름으로 삼은 것이었다.

　그가 나까이로 출세를 한 뒤부터 놀랍게도

살이 쪘다. 천성이 지방질로서 근심 걱정에 대한 감각이 둔한 데다가 손님들의 먹다가 남긴 음식 일망정 아직껏 먹어보지 못한 기름기 있는 음식이 연일 배에 들어간 탓으로 보기에 더럽도록 살이 쪘다.

살이 너무도 더럽게 쪄서 다부다부하므로 '다부꼬'라 하나 여기는 손님도 많았다.

다부꼬를 거꾸로 불러서 부다꼬라 하는 손님도 있었다. 조선말밖에는 외마디도 모르는 다부꼬는 손님들이 부다꼬라 부를 때에도 단지 하이칼라로 그렇게 부르는 것이거니 하고 "하아이이"를 길게 뽑고 술병을 들고는 총총걸음(이라고 하고 싶지만, 뚱깃걸음이다)으로 손님방으로 들어가고 하였다. 얼마 뒤에 그도 종내 '부다'라는 것은 '돼지'라는 뜻이라고 알기는 알았지만 그의 신경은 그런 것을 꺼릴 만치 약하지 않았다. 얼른 생각하기에는 술집의 나까이로 갔으니 얼굴도 하다못해 하지상下之上이야 되겠고, 몸이 뚱뚱하니 부잣

집 며느리 같은가고 생각할 사람도 있겠지만 그렇게 생각하면 큰 망발이다.

얼굴은 밉고 더럽게 살진 데다가 이마에까지 살이 툭툭 쪄서 '부다'와 신통히도 같은 위에 양미간에는 살진 주름살이 잔뜩 잡혀서 추한 얼굴을 더욱 추하게 하며 눈껍질과 입술은 '왜 저다지도 두꺼운가'고 머리를 기울이지 않는 사람이 없도록 흉 없다.

게다가 가슴 허리로 내려오면서는 좌우보다 전후가 더 굵어서 마치 둥그런 통과 비슷하다.

허리까지 굽었다.

이 모로 뜯어보건 저 모로 뜯어보건 과연 사람보다 짐승에 가깝고 짐승 중에도 '부다' 에 가까웠다.

이름이 다부꼬, 별명이 부다꼬, —만약 복 선생과 돼지가 결혼할 수 있다면 그 가운데서 난 자식이야말로 우리의 다부꼬와 흡사하게 될 것이다.

평안남도 순천군에 속한 어떤 농촌 가난한 농가의 오남팔녀 합계 십삼 남매 중에 제 십째로 태어난 것이 꼬였다. 그의 아래로는 사내만 셋이요 그의 위로는 사내가 둘이요 계집애(어른도 있다)가 일곱이었다. 수모와 미움은 받을 대로 받고 살 대로 사고 자랐다. 무론 숫밥이라고는 먹어본 적도 없거니와 숫밥, 남은 밥이나마 배에 차도록 먹어본 적이 없었다. 웃동생들이 많으니 낡은 옷은 충분하였으리라 생각키도 쉬우나 첫째의 것이 낡으면 둘째가 입고 그다음은 셋째로—이렇게 내려오는 동안은 어느덧 해져서 아랫동생은 웃동생 여럿의 해진 옷을 모아 만든 합작물이라, 왼 소매는 붉고 오른 소매는 퍼렇고 가슴은 누렇고 등은 검은—이런 옷으로 유년 시기와 소년 시기를 보냈다.

이러한 소녀 시기를 보낸 뒤에 그는 우연히 나까이라는 직업 여성이 되었다. 그가 나까이가 된 것은 그 자신의 창안도 아니요 그의 부모의 창안도 아니요 또는 유혹에 빠지거나 남에게 속거나 한 것도 아니었다. 그의 동무 가운데 고을서 나까이 노릇을 하는 사람이 있었다. 집에 있어야 구박만 받고 참견하는 윗사람도 없는 그는 멀지 않은 고을에 자주 드나들고 고을에 가면 나까이 친구를 찾게 되고, 찾아가면 거기서 맛있는 음식 부스러기나 얻어먹는 재미에 동무의 권고에 술상 앞에도 나가보고—이렁저렁하다가 사내라는 것도 알고 그러다가 어름어름 나까이가 되어버렸다.

부모도 참견치 않았다. 그런 딸이 있었는지 어떤지 모르는지도 알 수 없다. 입 치우기에 골몰한 그들이라 혹은 자기네가 자식을 몇 명이나 낳았는지 모르기도 쉽다.

이리하여 나까이가 된 그—이름은 위에도 말한 바와 같이 '다부꼬'라 하였다.

순천은 평양서 동북쪽—기차가 평양을 떠나서 순천까지 와서 북으로 올라가면 강계요 동으로 벋어가면 양덕으로서 그 갈림길이다. 강계는 지금 만포선 철도공사에 분망한 한낱 토목 공사의 장소이지만 양덕은 온천 지대로서 양덕군 내만 하여도 대탕지 소탕지 돌탕지 등 세 군데나 온천이 있고, 그중에도 대탕지는 양덕 온천을 대표하는 것으로서 평양 원산 등지는 무론이요 멀리는 기호며 호남 방면에서도 오는 사람이 많다.

　　조선의 온천은 여관의 자탕自湯이 쉽지 않고 여관은 밥장사만 하고 손님은 공동탕으로 가는 것이 보통이다. 그런지라 따라서 겨울에는 여관에서 공동탕까지 왕래가 (춥기 때문에) 불편하여 조선 습속은 봄과 가을을 온천 절기로 친다.

　　그러나 양덕은 그렇지 않다. 워낙 고지대이니만치 기후가 서늘해서 피서지로 적당하다. 피서지에 온천이 겸하였으니 더욱 나무랄 데가 없다.

여름은 음란한 시절이다.

첫째론 의복의 무장이 엄중하지 못하여 샐 틈이 많다.

둘째로 녹음이 남의 눈을 가리어주어서 숨을 곳이 많다.

셋째로 아무 데서 아무렇게 하고 놀지라도 고 뿔 들릴 근심 없다.

양덕은 피서지인 위에 또한 온천이다. 온천이란 곳은 사람들이 예법과 체면을 집어치우고 겨우 가장 비밀한 곳 한 군데만을 감춘 뒤에는 남녀노소가 태연히 거리를 다니는 곳이다.

여름—피서지—온천장—이 세 가지를 한꺼번에 갖춘 때의 양덕은 장관이라는 한마디로 끝이 날 것이다.

평양 오입쟁이, 원산 오입쟁이, 장거리 오입쟁이, 본바닥 오입쟁이—천하의 오입쟁이는 여름의 단 하루라도 양덕을 가지 못하면 면목이 서지 못한다는 듯이 꼬리를 이어서 양덕으로 모여

든다.

숫오입쟁이가 모여들면 또한 암오입쟁이가 모여들지 않을 수가 없다. 숫오입쟁이의 목적하는 바는 계집이요 암오입쟁이의 목적하는 바는 돈이다. 암오입쟁이들은 이 여관 저 여관에 거미줄을 치고 장차 무엇이 와서 걸려주기를 기다리고 있다. 한 해 여름을 잘 벌면 매일 일 원 오십 전의 숙박료며 잡비를 쓰고도 가을에는 돈 백 원이나 차고 가는 수단가도 적지 않다. 여름 한산기에 공짜로 피서하고 재미 보고 돈 잡고—여자 된 자 한번 해볼 만한 사업이다.

나까이로 나선 지 삼 년—다부꼬로보다도 부다꼬로 알려지고 몸집 뚱뚱하기로 소문나고 웃을 때도 우는 표정으로 웃기로 소문나고 얼굴 못생기기로 소문나고 사람 덜 나기로 소문나고 노래 못하기로 소문나고 술병을 두 손으로 들기로(외손으로 들었다가는 반드시 내려뜨리므로) 소문나고 앉았다가 일어서려면 굳은 힘 오륙 회 이상 쓰기로 소문난 '다부꼬'도 이 돈벌이 시원치 않은 여름 한철을 피서 겸 돈벌이 겸 놀기 겸 양덕서 보내기로 하였다.

그가 그새껏 모으고 또 모았던 돈 팔 원 육십여 전과 동무 나까이에게서 육 원 각수(돈을 '원'이나 '환' 단위로 셀 때 그 단위 아래에 남는 몇 전이나 몇십 전을 이르는 말)를 취하고 주인어머니에게 또 오 원 각수를 꾸어, 합계 이십 원이라는 대금을 품에 품고 커다란 희망을 갖고 양덕으로 떠났다.

그의 방에도 (약간 얼룩은 지나마) 거울이 있거늘 왜 거울에게라도 의논을 하지 않고 자기 혼자의 뜻으로 떠났는지 이것은 알 수 없는 일이다. 만약 그가 신용할 만한 거울에게 의논만 하였다면 거울은 그에게 향하여 피서 중지를 충고하였을 것이다.

성격이 비교적 단순한 다부꼬는 생각도 또한

단순하였다.

순천서 나까이로 있을 때에 매일 술꾼이 있었고 남자들이 있었던지라 양덕을 가도 또한 그와 마찬가지려니쯤으로 여기었다. 그러나 양덕서 급기야 여관(조선 사람의 여관 중에는 가장 큰 집에 들었다)에 들고 보니 모든 것이 예상과 다르다.

술집에서 남자를 보던 것은 나까이의 처지로 객을 보는 것이다. 그러나 이곳 여관에 들고 보니 남자도 객이려니와 자기도 역시 객이다. 술집에서는 객이 나까이를 부르고 설사 부르지 않는다 할지라도 나까이 스스로 객의 앞에 나아가는 것이 흠이 되지 않는다.

그러나 여관에서는 그렇지 못하니 저쪽이 객이면 자기도 객이라 저쪽에서 자기를 호명하여 부르지 못할 것이고 자기 또한 남의 방에 불고염치하고 들어갈 수도 없는 노릇이다.

게다가 또한 그의 예상외의 일은 이곳 객이 다부꼬가 예상하였던 바와는 종류가 좀 다른 것이었다.

병인病人이 가장 많았다. 자기 몸 건사조차 귀찮아하는 병인이 계집에게 곁눈질할 리가 없었다.

병인이 아닌 사람은 대개 제 짝을 제가 데리고 왔다. 쌍쌍이 밀려다녔다. 그 위에 도대체 이 온천장에는 사내보다도 여인이 더 많았다.

모두가 다부꼬의 예상과는 달랐다. 하이칼라 청년들이 많이 와서 여인이 지나가면 슬슬 곁눈으로 보며 간간 뒤도 밟으며 말도 걸며—이런 것을 예상하였던 다부꼬에게는 의외였다. 도대체 다부꼬가 듣기에는 남자들이 많고 낚시질만 잘하면 상당한 수확이 있다더니 그것이 전혀 헛말인가 보다.

다부꼬는 차차 등이 달았다.

하루에 일 원 오십 전씩이다. 가만있노라면 어느덧 일 원 오십 전씩이 휙휙 없어져 나간다.

나까이 삼 년간에 간신히 팔 원 각수를 모았

거늘 여기서는 하루에 일 원 오십 전씩(점심은 굶고)이 저절로 없어져 나가니 삼 년 벌이가 며칠 동안에 날아간다.

이리저리 변통하여 가지고 온 돈이 이십 원인데 오는 차비 이 원 장차 갈 차비 이 원을 제하면 십육 원이다. 점심 굶고 담배 굶고 탕湯에도 못 들어가고 열흘 밥값이다. 좋은 봉鳳을 첫날로 물지 못하고 '첫날로야 쉬우랴'고 자위自慰하며 이튿날을 기다리고 또 그 이튿날을 기다리고 이렇게 기다리기를 벌써 엿새, 밥값으로 구 원, 자기의 삼 년간 번 돈보다 엿새 동안의 밥값이 더 크게 되었다.

인제 나흘 안으로 봉을 하나 물지 못하면 이십 원은 비상천飛上天이로다. 이런 데 나와서 보니 이십 원이라는 돈은 우스운 액수지만 자기가 그간 삼 년간을 번 생각을 하고, 또한 주인어머니와 동무에게 십이 원 각수라는 돈을 장차 갚을 생각을 하니 꿈에나 어떻게 될지 그전에는 어쩔 도리가 없다.

밥값이 이제 나흘분밖에 남지 않았으니 그 나흘 동안에 무슨 변통을 대지 않으면 안 될 것이다.

여름 한 철에 백 원? 꿈에도 생각지 않을 일이다. 기위 밥값과 내왕 차비가 십삼 원이나 소모되었으니 그것이라도 누구 적선하여주지 않나. 순천 땅에 다시 내려서 자기 주머니에 십이 원이 그대로 있도록—그것이나마 누구 당해주지 않는가.

내왕 차비까지라도 희생하고 하다못해 밥값만이라도 담당해주는 적선가는 없는가.

자고 깨면 이레—밥값만 벌써 십 원에 꼬리가 달린다.

이레째 되는 날 낮에 다부꼬는 종내 여관 주인마누라의 방을 찾아갔다.

"피서 오는 손님이 금년에는 얼마 안 됩니다그려."

다부꼬가 주인마누라에게 한 말의 안목은 이것이었다.

눈치 빠른 주막장이 다부꼬가 입 밖에 내지 않은 말을 다 알아들었다.

"왜요. 상게(아직) 방학 때가 안 됐기에 이렇지 방학 때만 되면 많이 와요. 데 아래 ××여관(가장 더러운 여관)꺼정두 만원이 되구하는데."

"방학은 언제나요?"

"아, 양력 스무하룻날, 이제 니레 남았쉐다."

방학을 기다려서 오는 손님이란 것은 가족 동반이거나 그렇지 않으면 학생이다. 여관 주인에게는 달가운 손님일지나 다부꼬에게는 쓸데없는 손님이다. 그러나 단순한 다부꼬는 방학 뒤 손님의 종류 여하를 고려하지 않고 '방학 뒤'에 요행심을 두었다.

그러나 방학은 아직 이레요, 다부꼬의 주머니에는 인제 사흘 밥값 외에는 남지 않았다. 방학을 기다리랴 혹은 단 몇 원이라도 남아 있는 동안에 고향으로 달아나랴. 그렇지 않으면 돈 다할 때까지 버티고 기다리랴.

　오늘로 달아날까고 생각하면 한편으로는 오늘 밤으로라도 어떤 봉이 하나 걸려들 것같이 생각되어 그냥 갈 수가 없었다. 그러나 또 한편으로 돈 다하는 날까지 기다리려 하면 그날까지 실컷 기다리다가 동전 한 푼 맛보지 못하고 뼈를 갈아낸 듯한 이십 원을 홀짝 다 쓰고 빈손으로 고향에 들어서기가 원통하였다.

　아아. 어찌할까. 망설이며 주저하는 동안 하루가 가고 또 하루 가고 또 하루 가니, 인제 밥값을 셈 치르면 겨우 고향까지 돌아갈 기차 삯만이 남게 되었다.

　장마가 졌다.

　어제도 비가 왔다. 오늘도 온다.

　그 못생긴 얼굴을 잔뜩 찌푸리고 하늘을 쳐

다보고 있는 다부꼬.

주인에게 오늘 셈을 치렀다. 치르고 나니까 이원 십삼 전—기차 삯, 노리아이(합승合乘버스) 삯, 그리고 약간 남는다.

셈을 치를 적에 주인은 다부꼬에게,

"왜 방학 때까지나 기다려보지요."

탁 터놓고 하는 말이었다. 다부꼬도 탁 텄다.

"밥값이 인젠 없어요."

"밥값이야 있으믄서 벌디."

여기 대하여 다부꼬는 씩 웃을 뿐이었다. 그러나 마음으로는 꽤 유혹되지 않는 바가 아니었다.

비가 그냥 온다. 노리아이는 열한시 조금 지나서 여기까지 와서 손님을 내리고 새 손님을 태우고는 곧 다시 떠난다.

장맛비는 그냥 온다. 열한시…….

"에라, 비 와서 못 떠나겠다. 오후 노리아이로 가자."

오후 네시 반에 또 노리아이가 있다. 그것으로 가겠다는 생각이다. 핑계는 비에 있다. 그러나 다부꼬의 진정 내심을 진맥하자면 비 온다고 못 떠날 바가 아니다. 열한시에서 네시 반까지—약 다섯 시간 동안—그새에라도 행여 좋은 봉이 하나 안 걸려주나. 이십 원을 갖고 백 원을 만들어가지고 돌아가려고 왔다가 백 원은커녕 미끼까지 잘리고 빈손으로 돌아가기가 면목도 없을뿐더러 절통하였다. 다섯 시간 내외에라도 봉이 걸리지 말라는 법은 없을 것이다. 아아, 비가 싫다고 노리아이까지 안 탄다 부꼬가 장맛비를 맞으면서 이 여관 앞 저 여관 앞으로 배회하였다. 그 얼굴은커녕 몸집, 팔, 다리, 어느 곳 한 군데 미美라는 것이 혜택을 받지 못한 꼴이로되 '여인'이라는 명색 하나를 무기 삼아가지고 행여 백 원은 그만두고 이미 없어진 이십 원의 벌충이나마 할 봉이 없는가 하여……. 그러나 무정한 남자들은 다부꼬의 이 쓰라린 심 정을 몰라보고 웬 댄서 비슷한 계집의 뒤꽁무니만 따르느라고 야단이었다.

네시 반 노리아이.

인제는 하릴없이 다부꼬는 짐을 들고 나왔다.

장맛비는 그냥 줄줄 내린다. 자동차 정류소 앞 어떤 여관 추녀 아래 짐을 부둥켜안고 선 다부꼬는 얼빠진 사람같이 노리아이를 바라보고 있었다.

비를 적게 맞으려고 덤비며 자동차에 오르는 손님들. 노리아이는 거진 만원이 되었다.

'만원이 됩시사 됩시사.'

만원이 되어가는데도 불구하고 다부꼬는 못생긴 얼굴을 잔뜩 찌푸리고 노리아이를 보기만 하면서 탈 생각도 않았다.

드디어 노리아이는 만원이 되었다. 만원 되면서 뿌— 소리 한마디를 남기고 달아나버렸다.

다부꼬는 가슴이 철렁하였다.

"인제부터는 빚이로구나."

매일 일 원 오십 전씩 늘어나갈 빚이었다. 언제까지 계속될지 모르는 (매일 늘어나갈) 빚에 대하여 커다란 공포심과 자포적 기분을 내어던지며 다부꼬는 어슬렁어슬렁 다시 여관으로 돌아왔다.

다부꼬의 비통한 생활은 이날부터 시작되었다.

돈은 비록 떨어졌으나, 그래도 여관에서 사먹는 밥이지 동냥밥은 아니거늘 여관에서 벌써 푸대접이 시작되었다. 다른 손님들이 다 먹고 난 뒤에 남은 음식을 모은 것이 다부꼬의 상이었다. 다부꼬가 있던 방은 다른 손님이 쓰겠단다고 뒷간 곁방으로 옮기지 않을 수가 없었다.

그러나 마음이 오직 용한 다부꼬는 어떤 일을 겪든 간에 그 못생긴 얼굴에 못난 웃음을 한번씩 웃고는 그냥 맹종하는 것뿐이었다.

세월이 흐른다 하는 것은 각 사람에게 각각

다른 결과를 주는 것으로서 다부꼬에게는 세월이 흐르는 것은 매일 일 원 오십 전의 빚을 늘여가는 것일 따름이었다. 더욱이 이곳의 여관업자는 모두가 그 당자 혹은 아버지의 대에는 화전민이라는 특수한 생활을 하던 사람들이니만치 아침밥이 놀랍게 이르고 저녁밥이 놀랍게 늦었다. 조반과 저녁과의 중간 열네 시간이라는 적지 않은 시간을 주림을 면키 위해서는 손님들은 금전이라는 무기를 이용하여 이 먹을 것 없는 동리에서 별별 수단을 다 강구하지 않으면 안 된다. 그러나 다부꼬는 주머니가 벌써 빈 몸이라, 점심은 먹을 염도 못 내고, 그의 다식성多食性인 위를 움켜쥐고 길고 긴 낮을 하늘이나 쳐다보며 지낼밖에는 도리가 없었다.

이러는 동안에 각 여관의 주인들이 무척이도 기다리던 여름방학이 이르렀다. 여름방학이 이르면 어떻게 좋은지는 모르지만 여관 주인들이 하도 기다리므로 혹은 부잣집 철없는 도령들이라도 많이 오는가고 다부꼬도 적지 않게 기다렸다.

칠월 이십일일

하늘의 심술이 곱지 못하여 전부터 계속되던 장맛비가 이날도 새벽부터 쏟아졌다. 여관 주인들의 얼굴은 음침하여졌다. 그러면서도 열한시 반 노리아이 때는 사환 애들을 모든 자동차 정류소로 내보냈다. 다부꼬도 슬며시 뒷길로 나와서 집 모퉁이에 서서 자동차의 도착을 기다렸다.

그러나 노리아이는 고을서 모깡하러 오는 손님을 두세 명 싣고 온 뿐이었다. 오후부터는 날이 갰지만 오후 네시 반 노리아이도 빈 차로 다녀간 뿐이었다.

장마는 여관 주인들에게 실망의 예고를 주며 스무하룻날로 걷어치우고 스무이튿날부터는 맥 빠진 해가 장마에 젖은 세상을 말리어보려 비치기 시작하였다.

그러나 시국時局의 커다란 그림자는 이런 산촌

이라고 그저 넘기지 않았다. 작년까지는 경험으로는 청춘남녀들이 우글우글 끓어 들어서 한동안씩 질탕히 놀고 돌아가고 하였으므로 여관 주인들은 금년도 그러려니 하고 기다렸는데, 일지사변日支事變이라는 거대한 영향과 거기 뒤따르는 보도연맹의 번득이는 눈은 이런 곳까지도 넘기지 않아서, 스무이튿날부터 몇 명 왔다는 학생(전문학교)은 그새 일 년간의 공부 때문에 건강을 상하여 할 수 할 수 없어서 온 몇 명뿐이었다. 그 밖에는 어린 자식들의 건강을 회복키 위하여 가족 전부가 밀려와서 여관의 방을 두셋씩 차지하고는 밥은 겨우 두 상이나 세 상밖에는 안 사는 여관 주인에게도 질색이거니와 다부꼬 같은 사람에게는 더욱이 쓸데없는 손님뿐이었다. 그 밖에도 돈냥이나 있는 집 딸이 자기 어머니와 함께 온 것도 한둘 있으나 다부꼬에게 쓰임직한 손님은 하나도 보이지 않았다. 중학생들은 봉사노동奉仕勞動에 얽매이어 몸을 떼지도 못하였다.

인제는 어쩌나.

기다리고 기다리던 여름방학은 여관 주인들에게는 실망을 주었거니와 다부꼬에게는 절망을 주었다.

그날—밥값의 셈을 치른 날 짐까지 꾸려가지고 자동차 정류소까지 나갔거늘 무슨 미련으로 다시 여관으로 돌아왔던가. 그날 떠나버렸다면 손해는 이십 원에 지나지 못하지만, 지금은 어쩔수 없이 빚에 얽히어 몸을 움직일 수가 없게 되었다.

다부꼬와 비슷한 목적을 가지고 온 듯한 여인들이 이 여관 저 여관에 거미줄을 늘이고들 있다. 그들은 혹은 다부꼬 자신보다 흥정이 있는지, 다부꼬는 거기 대해서도 무척 관심을 갖고 관찰해보았다. 불경기의 바람은 이런 사회 전체에 미친 모양으로 깊은 밤 이른 새벽 어느 때나 홀로이 자고 홀로이 일어나는 여인의 떼뿐이었다. 그러나 그들이 다부꼬와 같이 '밥값 없기' 때문에 수모를 받지 않고 그냥 태연자약히 지내는 것은? 밥값을 그럴듯 충분히 준비해가지고 왔음인가. 혹은 빈 주머니를 감추고 시치미를 떼고 있음인가. 하여간 다부꼬는 자기의 입으로 밥값 떨어진 것을 주인에게 알리었으므로, 주인에서는 (맞돈은 아니지만 거저먹이는 밥도 아니건만) 다부꼬에게는 마치 식객과 같이 수모를 퍼부었다.

"다부꼬 상. 심심한데 아이나 업고 개천가에 나 나가보지."

주인마누라는 조금만 바쁘면 마치 다부꼬를 아이보개인 듯이 애를 업히어 내보내고 하였다.

"다부꼬상. 오호실 손님들이 맥주를 잡숫는데 좀 들어가 따라 드리구려."

주인은 마치 자기 집 여급인 듯이 부려먹었다. 이런 때마다 다부꼬는 내가 공밥을 먹는가고 내심 화도 내어보았지만 겉으로는 두꺼운 얼굴 가죽에 미소를 띠고 시키는 대로 하지 않을 수가 없을 만치 발목 잡힌 몸이었다.

　무론 다부꼬가 이 온천 지대에 와서 봉을 기다리는 짧지 않은 동안에 순전한 과부로 지낸 바도 아니었다. 몇 명의 사내를 관계하였다. 그러나 다부꼬의 얼굴이 워낙 그 꼴인 위에 그의 환경이 지금은 한 개 유명한 이야기로 이 온천 지대에 퍼진 만치, 다부꼬를 찾는 손님들은 공짜라는 선입관과 더러운 호기심으로 찾는 것이라 충분한 인사는 염도 안 두는 바요, 잘해야 일이 원 못하면 먹던 담뱃갑이나 남겨두고 뺑소니치고 하였다. 이런 박약한 벌이로 어떻게 일 원 지폐 장이라도 손에 들어오면 다부꼬는 자기도 돈이 있다는 것을 남에게 알리기 위하여 가게로 나가서 캐러멜을 사 먹고 사이다를 사 먹고, 담배를 사고, 탕에 들어가고 하여 당일로 다 써버리고 하였다.

그것은 순전한 자포자기의 생활이었다. 간간 걸어서 자기 고향 순천까지 도망질을 할까고도 생각하여보았지만 그의 육둔하고 거대한 몸집은 이 무더운 여름날 단 십 리를 갈 자신이 없었다. 나날이 일 원 육십 전씩의 빚은 저절로 늘어가고 갚을 도리나 가망은 전혀 없고 동서남북 사면이 막힌 가운데서 주인집 아이나 업고 뜰 안 혹은 마루로 배회하며 못생긴 얼굴을 잔뜩 찌푸리고 간간 다른 객실들을 엿보는 그의 꼴은 과연 가련하였다.

진퇴유곡의 경에 빠진 그는 그의 총명치 못한 머리가 안출할수 있는 온갖 전술을 다 써보았다. 일변 가고 일변 오는 많은 손님 중에 옷이나 깨끗이 입은 손님이 여관에 들게 되면 다부꼬는 염치 주머니를 꽉 봉해버리고 그 방 앞마루에 가 앉아서 그 청아(?)한 음성으로 유행가도 불러보고 혹은 방 안을 돌아보며 말도 건네보았다. 그러나 워낙 생김생김이 하도 못생긴 위에 더욱이 다부꼬의 목적을 방해하는 자는 다부꼬가 너무도 유명하기 때문이었다. 생김생김은 비록 못생겼으나 객지의 심심소일로 호기심을 일으켰던 손님도 일단 탕에 들어가기만 하면 탕 안에서 너무도 유명한 화제의 주인인 다부꼬의 소문을 들으면, 자기까지 이야깃거리가 될까 봐 겁이 나서 손을 떼고 하는 것이었다.

'대탕지 아주머니.'

인제는 다부꼬도 아니요 부다꼬도 아니요, 여기서 새로 얻은 이름이 이것이었다. 사실에 있어서 이 대탕지에서 본 지방인 이외에 손님으로서는 다부꼬가 가장 원로元老였다. 다부꼬보다 먼저왔던 손님은 무론 다 가고 뒤에 왔던 손님도 다 가고, 다부꼬가 가장 오랜 손님이었다. 말하자면 대탕지 아주머니였다.

이 대탕지 아주머니인 다부꼬가 얼굴(가뜩이나 두꺼운)에 소가죽을 뒤집어쓰고 남성군에게 돌진 또 돌진을 개시한 이래 이 전술에 걸려든 남성이 두 사람이 있었다. 이 두 남성과의 문제의 덕으로 다부꼬의 이름은 더욱 높아져서 인제는 대탕지뿐 아니라 양덕 신읍에까지 알려져, 대지를 찾아오는 손님은 먼저 양덕정거장에서 대탕지로 오는 노리아이에서 운전수에게 그의 성화를 들으리만치 되었다.

하나는 이 대탕지에서 '넙적이'라는 별명으로 알리어져 있는 어떤 광업자와의 관계였다.

어떤 날 넙적이가 다른 두어 동무와 화투를 하고 있을 때에, 봉―봉이 안 걸리면 하다못해 담뱃값이라도 벌 닭이나마―을 물색하던 다부꼬는, 이 화투판 등 뒤로 돌아가서 구경을 하고 있었다.

"아주머니두 합시다그려."

"글쎄요."

이것이 인연이었다. 주머니에 동전 한 닢도 없는 다부꼬로되 시치미를 떼고 돈내기 화투를 시작하였다.

결국에 있어서 다부꼬는 십팔 전을 땄다. 다른 사람은 본전이요, 넙적이가 십팔 전을 잃었다. 다부꼬는 넙적이의 돈 십팔 전을 딴 셈이었다.

"아주머니, 그래 내 돈이 곱게 삭을 것 같소?"

"글쎄요."

"십팔 전— 십 ○ 돈이야. 그 돈은 그저 못 먹어."

"몰라요."

이리하여 인연은 맺어졌다. 광업가이니 돈 잘 쓰렷다. 얼굴이 넙적하니 마음도 서그러울 것이렷다. 이만한 기대를 가지고 넙적이를 맞았지만, 다부꼬가 넙적이에게서 얻은 소득이라고는 그 음音이 설명하는 바 단 십팔 전(화투에서 딴) 뿐이었다.

다부꼬로 보자면 넙적이의 마음은 당초에 알 수가 없었다. 넙적이는 숨김없이 제 동무들에게도,

"난 저 아주머니하구 결혼했다네."

하며 다부꼬에게는,

"마누라 여보 마누라."

라 불렀다. 그러나 밤에 찾아오라는 군호는
그 뒤에는 좀체 없었다. 웬일인지 다부꼬는 넙적
이에게 마음까지도 약간 끌린 듯하였다. 마누라
라 불러주는 것이 은근히 기뻤다. 그 반대로 넙
적이는 낮에는 다부꼬를 마누라라 부르고 술을
먹을 때는 따르라 명하고 하였지만 밤에는 다시
다부꼬를 찾지 않았다. 아마 다부꼬의 기름때로
미끄러운 몸에 진저리가 난 모양이었다.

그러나 마음으로든 또는 다른 요행심으로든
그렇듯 무관심할 수가 없는 다부꼬는 기다려보
아 만나지 못하고 이번은 자기편에서 찾아가 보
았다.

두 번, 세 번, 밤 깊어서 이층 넙적이의 방을
찾아가 보았으나 그 매번을, 잠에 취한 체하고
다부꼬를 쫓아버리고 하였다. 이런 일을 두세 번

겪은 뒤에 한 번은 다부꼬는 염치를 불고하고 네 마끼寢巻(잠옷)까지 벗어버리고 넙적이의 자리(잠 자는 체하는) 속에 들어갔다. 동시에 다부꼬는 부 르짖는 사내의 함성과 동시에 넓적다리에 무서 운 용통을 느끼며 자리에서 뛰쳐나왔다.

"이 동리에는 남의 자리에 들어오는 예편네들 이 많다더니 옳은 말이로군. 이 집게는 그런 예 편네를 집는 집게라나."

사내의 억센 손으로 넓적다리를 힘껏 꼬집힌 다부꼬는 비명을 내며 네마끼도 집을 겨를이 없 이, 문밖으로 뛰쳐나와 층층대를 구르며 떨어지 며 아래로 도망해왔다.

이 사건의 덕택으로 다부꼬는 일층 더 유명해 지고, 넓적이는 '집장사'라는 별명을 하나 더 얻 게 되었다. 다부꼬가 음침한 얼굴로 나다니면 여 기저기서 집게 집게 하며 수군거리는 소리가 들 렸다.

이 집게 사건이 있은 이틀 만에 제이 사건의 실마리가 열리기 시작하였다. 그날 오후 네시 반 노리아이로 얼굴이 곱살히 생긴 양복쟁이 청년 하나가 이 여관 다부꼬의 곁방에 들었다.

시골 술집 나가이 다부꼬는 그 양복이 고급품인지 저급품인지 소지품이 어떤 것인지 전혀 구별할 줄을 몰랐다. 단지 양복쟁이인 위에 얼굴이 곱살하니 돈냥이나 있는 집 젊은이거니 하였다. 그의 유혹 전술은 즉시로 이 청년에게 향하여졌다. 그의 숙련되지 못한 전술로도 비교적 손쉽게 청년은 함락이 되었다. 그날 밤 다부꼬의 방에는 사람 둘이 자고, 청년의 방에는 빈 이부자리가 쓸쓸히 밤을 지냈다.

이튿날은 이 새로운 원앙은 득의양양히 탕에 들어가고, 간스메罐詰(통조림) 장사에게 간스메를 사 먹고 개천가를 거닐고 하였다. 사람들이 바라보는 경이의 눈—이전 같으면 다부꼬는 스스로 쑥스러웠을 것이지만, 하도 벼르던 일이라 쑥스러운 줄도 모르고 자랑하는 얼굴로 부러 광고하러 돌아다녔다.

또 그날 밤 한방에서 지냈다. 그 밝는 새벽이었다. 두선두선 뜰에서 무엇을 힐난하는 듯한 소리에 다부꼬가 곤한 잠에서 깨매, 사내는 어느덧 일어나서 황황히 옷을 입는 중이었다. 동시에 문이 벼락같이 열리더니 웬 아이 업은 여인 하나가 쑥 들어섰다.

"여보, 이게 뭐요."

고을 본마누라가 달려온 것이었다. 와지끈 툭탁 한바탕의 부부싸움은 무론 일어났다. 그러나 고래로 부부싸움은 칼로 물 베기라 하거니와, 이 부부도 한바탕 싸우고 나서는 화의가 성립되었다.

"온 김에 조반이나 먹고 탕에나 들어갔다가 갑시다그려."

남편의 이 제의에 대하여 아내도 승낙을 하였다.

"얘."

조반상을 받음에 임하여 큰어머니(?)가 다부
꼬를 부르는 말씨였다.

"조반 먹을 동안 이 아이나 업구 개천에 나가
서 기저귀나 빨아 오너라."

또 아이보개가, 내심 역하고 분도 났지만 마
음이 오직 착한—착하다기보다 덜 난 다부꼬는,
눈살을 찡그려 미소하고 아이를 받아 업고, 기
저귀를 받아 들고 들썩들썩하며 개천으로 향하
여 내려갔다.

"그건 또 웬 아이요?"

다부꼬가 묵어 있는 여관 주인은 이곳 본토박
이로 일가친척이 적지 않았다. 그 집들이 모두
아이 보일 일이 있으면 다부꼬로 꾸어다가 보이
고 하였다. 그래서 다부꼬의 등에 올라본 아이
는 꽤 많았다. 그런데 웬 또 낯선 아이를 업고 나
오므로 동리 여인들이 농 삼아 묻는 말이었다.
거기 대하여 다부꼬는,

"우리 일가집 아이야요."

기저귀를 두르며 내려갔다.

곱살한 양복쟁이는 자기 본마누라에게 끌려 가면서도, 다부꼬에게 몰래 일간 또 오마는 약 속을 잊지 않았다. 그의 본마누라의 의복이 허 수룹고 어린애의 옷이며 기저귀가 더럽던 점을 모두 잊고 '곱살한 양복쟁이니 돈냥이나 있으려 니' 하는 선입견에 지배되는 다부꼬는 일간 또 오마는 약속을 가만히 기다리고 있었다. 인제 는 벌써 밀린 밥값이 오륙십 원—웬만한 잔돈으 로 생각도 못 낼 큰 빚을 등에 지고 있는 다부꼬 였다.

일지사변의 예비적 부문인 방공 연습은 이 산천에도 실시되었다. 사 일간의 등화관제.

이 등화관제를 감독하고 감시하기 위하여 고 을서 순사 한 명과 소방수 세 명이 대탕지에 왔 다. 저녁 여덟시쯤 경계관제가 시작되어 삼십 분

쯤 뒤에 공습관제, 열한시쯤 해제—그러고는 순사며 소방수는 열한시 반 노리아이로 고을로 돌아가는 것이었다.

그 첫날, 캄캄한 세상이 열한시쯤까지 계속되고 관제는 해제되었다. 다시 광명한 세상이 나타났다.

그 캄캄할 동안,

"좀 쉬어서 갈까."

하면서 다부꼬의 방으로 들어온 사람이 있었다. 소방수였다. 소방수인 동시에 일전 다녀간 곱살한 양복쟁이였다. 돈냥이나 있을 곱살한 양복쟁이라고 내심 적지 않게 기다리던 사람의 정체는, 박봉 생활자의 한 사람인 소방수였다.

그의 품에 안겨서 눕기는 누웠지만, 다부꼬는 이 곱살한 양복쟁이가 왁살스러운 소방수로 홀변한 현실에 대하여 마음으로 한없이 한없이 울었다.

"소방수 부인."

더구나 다부꼬가 어떤 날 성냥을 잘못 그어 통채 불을 일으키고 올라 뛰며 내려 뛰어 그 불을 끌 때에 뭇 사내들은 이 새 별명을 부르며 웃어주었다.

이런 괴변들을 겪고 난 뒤에는 다부꼬는 다시는 남성에게로의 돌진을 중지하고, 매일 개천가에 쭝그리고 앉아서 두꺼운 얼굴 가죽을 잔뜩 찡그리고 흐르는 물만 굽어보고 있다. 혹은 그 물이 흐르고 흘러서 자기의 고향 순천의 앞도 지나갈 것을 부러워서 굽어보고 있음인지.

상한 건강을 쉬기 위하여 대탕지에서 달포를 지낸 뒤에 나(작가)는 그곳을 떠날 때에, 이 대형大型 노리아이가 사람을 만재하고 우렁찬 소리를 내며 바야흐로 떠나려 할 때 저편 여관 모퉁이에 그의 두꺼운 얼굴을 찡그리고 부러운 듯이 노리아이를 바라보고 있는 다부꼬를 보았다.

그 뒤에 그가 어찌 되었는지는 알 바가 없지만, 엔간한 자선가가 나타나서 그의 밥값을 갚

든지, 그렇지 않으면 여관에서 밥값을 탕감하여 주고 차비까지 주어서 돌려보내든지 하지 않는 이상은 다부꼬가 아무리 '여인' 이라는 보배로운 무기를 가졌다 하나 거기 어울리는 체격과 얼굴을 못 가진 이상은 지금껏 매일 일 원 육십 전씩의 빚을 늘여가면서 동리 아이보개 노릇이나 하며 개천가에 쭝그리고 앉아서 흐르는 물이나 굽어보고 있을 것이다.

— 옥중기獄中記의 일절一節 —

"기쇼오(기상)!"

잠은 깊이 들었지만 조급하게 설렁거리는 마음에, 이 소리가 조그맣게 들린다. 나는 한순간 화닥닥 놀래 깨었다가 또다시 잠이 들었다.

"여보, 기소야. 일어나오."

곁엣사람이 나를 흔든다. 나는 돌아누웠다. 이리하여 한 초, 두 초, 꿀보다도 단 잠을 즐길 적에 그 사람은 또 나를 흔든다.

"잠 깨구 일어나소."

"누굴 찾소?"

이렇게 나는 물었다. 머리는 또다시 나락奈落의 밑으로 미끄러져 들어간다.

"그러디 말구 일어나요. 지금 오五방 뎅껑(점검) 합넨다……."

"여보, 십 분 동안만 제발 더 자게 해주."

"그거야 내가 알갔소? 간수한테 들키믄 당신 혼나갔게 말이디."

"에이! 누가 남을 잠두 못 자게 해! 난 잠들은 데 두 시간두 못됐구레. 제발 조꼼만 더……."

이 말이 맺기 전에 나의 넓은 침실과 그 머리맡에 담배를 걸핏 보면서 나는 또다시 혼혼히 잠이 들었다. 그때에 문득 내게 담배를 한 고치 주는 사람이 있으므로 그 담배를 먹으려 할 때에, 아까 그 사람(나를 흔들던 사람)은 또다시 나를 흔든다.

"기쇼 불렀소, 뎅껭꺼정 해요. 일어나래두
……."

"여보! 이제 남 겨우 또 잠들었는데 깨우긴 왜
……."

"뎅께해요."

나는 벌컥 역정을 내었다.

"뎅껭이면 어떻단 말이요! 그래 노형 상관있
소?"

"그만둡시다. 그러나 일어나 나오."

"남 이제 국수 먹고 담배 먹는 꿈 꾸랬는데
……."

이 말을 하려던 나는 생각만 할 뿐 또다시 잠이 들었다. 또 한 초, 두 초, 단꿈에 빠지려던 나는 곁방에서 들리는 제걱거리는 칼 소리와 문을 덜컥덜컥 여는 소리에 펄떡 놀라서 일어나 앉았다. 그러나 온몸을 취케 하던 졸음은 또다시 머리를 덮는다. 나는 무릎을 안고 머리를 묻은 뒤에 또다시 잠이 들었다. 또 한 초, 두 초, 시간은 흐른다. 덜컥! 마침내 우리 방문을 여는 소리가 났다. 나는 갑자기 굴복을 하고 머리를 들었다. 이미 잘 아는 바이거니와 한 초 전에 무거운 잠에 취하였던 사람이라고는 생각 안되도록 긴장된다.

덜컥 하는 소리와 함께 문이 열리며 간수가 서넛 들어섰다.

"뎅껭."

다섯 평이 좀 못 되는 방에는 너무 크지 않나 생각되는 우렁찬 소리가 울리며, 경험으로 말미암아 숙련된 흐르는 듯한 (우리의 대명사인) 번호가 불리운다. 몇 호, 몇 호, 이렇게 흐르는 듯이 불러 오던 간수부장은 한 번호에 머물렀다.

"나나햐쿠나나욘고(칠백칠십사) 호."

아무 대답이 없다.

"나나햐쿠나나욘고 호."

자기의 대명사—더구나 일본말로 부르는 것을 알아듣지 못한 칠백칠십사 호의 영감(곧 내 뒤에 앉은)은 역시 대답이 없었다. 나는 참다못해 그를 꾹 찔렀다. 놀래서 덤비는 대답이 그때야 겨우 들렸다.

"예, 하이!"

"난고 하야쿠 헨지오 시나이(왜 빨리 대답을 아니 해)? 이리 와!"

이렇게 부장은 고함쳤다. 그러나 영감은 가만있었다. 고요한 가운데 소리 하나 없다.

"이리 오너라!"

두 번째 소리가 날 때에 영감은 허리를 구부리고 그의 앞에갔다. 한순간 공기를 헤치는 날카로운 소리와 함께, 이것 역시 경험 때문에 손 익게 된 솜씨인, 드는 손 보이지 않는 채찍은 영감의 등에 내려 맞았다.

영감은 가만있었다. 그러나 눈에는 눈물이 있었다.

칠백칠십사 호 뒤엣번호들이 불린 뒤에 정신 차리라는 책망과 함께 영감은 자기 자리에 돌아오고, 감방문은 다시 닫혔다.

이상한 일이거니와 한 사람이 벌을 받으면 방 안의 전체가 떨린다. (공분이라든가 동정이라든가는 결코 아니다.) 몸만 떨릴 뿐 아니라 염통까지 떨린다. 이 떨림을 처음 경험한 것은 경찰서에서 세 시간을 연하여 맞은 뒤에 구류실에 들어가서 두 시간 동안을 사시나무 떨듯 떨던 때였다. 죽지 않나까지 생각하였다. (지금은 매일 두세 번씩 당하는 현상이거니와……)

방은 죽음의 방같이 소리 하나 없다. 숨도 크게 못 쉰다. 누구나 곁을 보면 거기는 악마라도 있는 것처럼 보려도 안 한다. 그들에게 과연 목숨이 남아 있는지?

좀 있다가 점검이 끝났는지 간수들의 발소리가 도로 우리 방 앞을 지나갔다. 그때 아까 그 영감의 조그만 소리가 겨우 침묵을 깨뜨렸다.

"집엔, 그 녀석(간수)보담 나이 많은 아들이 두 녀석이나 있쉐다가레⋯⋯."

◆

덥다.

몇 도인지 백십 도 혹은 그 이상인지도 모르겠다.

매일 아침 경험하는 바와 같이 동쪽 하늘에 떠오르는 해를, '저 해가 이제 곧 무르녹일 테지' 생각하면 그 예언을 맞추려는듯이 해는 어느덧 방안을 무르녹인다.

다섯 평이 좀 못 되는 이 방에, 처음에는 스무 사람이 있었지만, 몇 방을 합칠 때에 스물여덟 사람이 되었다. 그때에 이를 어찌하노 하였다. 진남포 감옥에서 공소로 넘어온 사람까지 하여 서른네 사람이 되었을 때에 우리는 한숨을 쉬었다.

그러나 신의주와 해주 감옥에서 넘어온 사람까지 하여 마흔한 사람이 된 때에 우리는 한숨도 못 쉬었다. 혀를 채였다.

곧 처마 끝에 걸린 듯한 뜨거운 해는 그침 없이 더위를 보낸다. 몸속에 어디 그리 물이 많았던지 아침부터 그침 없이 흘린 땀은 그냥 멎지 않고 흐른다. 한참 동안 땅에 힘없이 앉아 있던 나는 마지막 힘을 내어 담벽을 기대고 흐늘흐늘 일어섰다. 지옥이었다. 빽빽히 앉은 사람들은 모두들 힘없이 머리를 늘이고 입을 송장같이 벌리고, 흐르는 침과 땀을 씻을 생각도 안 하고 먹먹히 앉아 있다. 둥그렇게 구부러진 허리, 맥없이 무릎 위에 놓인 팔, 뚱뚱 부은 짓퍼런 얼굴에 힘없이 벌려진 입, 정기 없는 눈, 흩어진 머리와 수염, 모든 것은 죽은 사람이었다. 이것이 과연 아침에 세면소까지 뛰어갔으며 두 시간 전에 점심 먹느라고 움직인 사람들인가. 나의 곤하여 둔하게 된 감각에도 눈이 쓰린 역한 냄새가 쏜다.

그들은 무얼 하여 여기 왔나. 바람 불고 잘 자리 있고 담배 있는 저 세상에서 무얼 하러 여기 왔나. 사랑스러운 손주가 있는 사람도 있겠지. 예쁜 아내가 있는 사람도 있겠지. 제가 벌어 먹이지 않으면 굶어 죽을 어머니가 있는 사람도 있겠지. 그리고 그들은 자유로 먹고 마시고 자유로 바람을 쏘이고 자유로 자고 있었을 테다. 그러면 그들이 어떤 요구로 여기를 왔나.

그러나 지금의 그들의 머리에는 독립도 없고 자결도 없고 자유도 없고 사랑스러운 아내나 아들이며 부모도 없고 또는 더위를 깨달을 만한 새로운 신경도 없다. 무거운 공기와 더위에게 괴로움받고 학대받아서 조그맣게 두개골 속에 웅크리고 있는 그들의 피곤한 뇌에 다만 한 가지의 바람이 있다 하면, 그것은 냉수 한 모금이었다. 나라를 팔고 고향을 팔고 친척을 팔고 또는 뒤에 이를 모든 행복을 희생하여서라도 바꿀 값이 있는것은 냉수 한 모금밖에는 없었다.

즉 그때에 눈에 걸핏 떠오른 것은(때때로 당하는 현상이거니와) 쫄쫄쫄쫄 흐르는 샘물과 표주박이었다.

"한 잔만 먹여다고, 제발……."

나는 누구에게 비는지 모르게 빌었다. 그리고 힘없는 눈을 또다시, 몸과 몸이 서로 닿아서 썩어서 몸에는 종기투성이요 전 인원의 십 분의 칠은 옴쟁이인 무리로 향하였다. 침묵의 끝없는 시간은 그냥 흐른다.

나는 도로 힘없이 앉았다.

"에, 더워 죽겠다!"

마지막 '죽겠다'는 말은 똑똑히 들리지 않도록 누가 토하는 듯이 말하였다. 그러나 아무도 거기에 대꾸할 용기가 없는지 또 끝없는 침묵이 연속된다.

머리나 몸 가운데 어느 것이든 노동하지 않고는 사람은 못 사는 것이다. 그 사람들이 몇 달 동안을 머리를 쓸 재료가 없이 몸을 움직일 틈이 없이 지내 왔으니 어찌 견딜 수가 있을까. 그것도 이 더위에…….

더위는 저녁이 되어 가며 차차 더하여진다. 모든 세포는 개개의 목숨을 가진 것같이, 더위에 팽창한 몸의 한 부분이라고는 생각할 수가 없었다. 무겁고 뜨거운 공기가 허파에 들어갔다가 나올 때마다 더위는 더하여진다. 이러고야 어찌 열병 환자가 안 날까?

닷새 전에 한 사람 병감으로 나가고, 그저께 또 한 사람 나가고, 오늘 또 두 사람이 앓고 있다.

우리는 간수가 와서 병인을 병감으로 데리고 나갈 때마다, 부러운 눈으로 그들을 보았다. 거기는 한 방에 여남은 사람밖에는 두지 않았다. 그리고 그들에게는 '물'약을 주었다. 뿐만 아니라, 그들은 맑은 공기를 마실 기회가 있었다.

◆

"오늘이 일요일이지요?"

나는 변기 위에 올라앉아서 어두운 전등 빛에 이를 잡으면서 곁에 서 있는 사람에게 물었다.(우리는 하룻밤을 삼분하고, 사람을 삼분하여 번갈아 잠을 자고, 남은 사람은 서서 기다리기로 하였다.)

"내니 압네까? 좋은 팁네다만, 삼일날인지 주일날인디……."

그러나 종소리는 그냥 뗑―뗑― 고요한 밤하늘에 울리어 온다. 그것은 마치, '여기는 자유로 냉수를 마시고 넓은 자리에서 잘 수 있는 사람이 있다'는 것처럼…….

"사람의 얼굴이 좀 보구 싶어서……."

"그래요. 정 사람의 얼굴이 보구파요."

"종소리 나는 저 세상엔 물두 있을 테지. 넓은 자리두 있을 테지. 바람두, 바람두, 불 테지……."

이렇게 나는 중얼거렸다.

"물? 물? 여보, 말 마오. 나두 밖에 있을 땐 목 마르면 물두 먹구 넓은 자리에서 잔 사람이외다."

그는 성가신 듯이 외면을 한다.

그 말을 듣고 보니 나도 밖에 있을 때는 자유로 물을 먹었다. 자유로 버드렁거리며 잤다. 그러나 그것은 지나간 옛적의 꿈과 같이 머리에 남아 있을 뿐이다.

"아이스크림두 있구."

이번은 이편의 젊은 사람이 나를 꾹 찔렀다.

"아이스크림? 그것만? 여보, 그것만? 내겐 마누라두 있소. 뜰의 유월도두 거반 익어 갈 때요!"

나는 이렇게 말하였다. 즉 아까 영감이 성가신 듯이 도로 나를 보며 말한다.

"마누라? 여보, 젊은 사람이 왜 그런 철없는 소리만 하오? 난 아들이 둘씩이나 있었소. 삼월 야드렛날 뫼골짜기에서 만세 부를 때 집안이 통

떨테나서 불렀소구레. 그르누래는데 툭탁툭탁 총소리가 나더니 데켄 앞에 있던 맏이가 꼬꾸러딥데다가레. 그래서 그리구 가볼래는데 이번은 에 있던 둘째두 또 꼬꾸러디디요. 한꺼번에 아들 둘을 잡아먹구…… 그래서 정신없이 덤비누래니깐…… 음! 그런데 노형은 마누라? 마누라가 대테 무어이요."

"그래서 어찌 됐소?"

나는 그냥 이를 잡으면서 물었다.

"내가 알갔소? 난 곧 잽혜 왔으니낀. 밥두 차입 안 하구 우티두 안 보내는 걸 보느낀 죽었나 붸다."

"난 어디카구."

이번은 한 서너 사람 격하여 있는 마흔아믄 난 사람이 말을 시작하였다.

"그날 자꾸 부르구 있누래니끼, 그 헌벙놈들이 따라옵데. 그래서 도망덜 해서, 멧기슭에꺼정은 갔는데 뒤를 보아야 더 뛸 데가 없습데다가

레. 궁한 쥐, 괭이게 달려든다구 할 수 있습데까? 맞받아 나갔디요. 그르닝낀 총을 놓기 시작하는데 그러구 여게서 하나 더게서 하나 푹푹 된 장독 넘어디덧 꼬꾸라디는데……."

그는 여기서 잠깐 말을 멈추고 그때 일을 생각하는 듯하더니 다시 말을 시작한다.

"그르누래는데 우리 아우가 맞아 넘어딥데다가레. 그래서 뒤집어 업구 도망할래는데 엎틴 데 덮틴다구 그만 나꺼정 맞아 넘어뎄디요. 정신을 차리닝낀 발세 밤인데 들이 춥기만 해요. 움쭉을 못 하갔는 걸 게와 벌벌 기어서 좀 가누라니낀 웅성웅성하는 사람 소리가 나요. 아, 사람의 소릴 들으닝낀 푹 맥이 풀리는데 고만 쓰러데서 움쭉을 못 하갔디요. 그래서 헐덕거리구 가만 있누래는데 발자국 소리가 가까워 오더니 '여게두 죽은 놈 하나 있다' 하더니 발루 툭 찹데다가레. 그래서 앓는 소릴 하닝낀 죽디 않았다구 것에다가 담는데, 그때 보느낀 헌병덜이야요. 사람이

막다른 골에 들믄 죽디 않게 났습데다. 약질두 안 하구 그대루 내버레둔 것이 이진 다 나아시요."

하며 그가 피투성이의 저구릿자락을 들치니까 거기는 다 나은 흐무러진 총알 자리가 있다.

"난 우리 아바진(난 맹산서 왔지요) 우리 아바진 헌병대 구류장에서 총 맞아 없어시요. 오십 인이 나를 구류장에 몰아 구 기관총으루...... 도죽놈들!"

그러나 우리들(자지 않고 서서 기다리기로 한) 가운데도 벌써 잠이 든 사람이 꽤 많았다. 서서 자는 사람도 있다. 변기 위 내 곁에 앉았던 사람도 그덕그덕 졸다가 툭 변기에서 떨어졌다. 그리고 떨어진 그대로 잔다. 아래 깔린 사람도 송장이 아닌 증거로는 한두 번 다리를 버둥거릴 뿐 그냥 잔다.

나도 어느덧 잠이 들었는지 모르겠다. 가슴

이 답답하여 깨니까(매일 밤 여러 번씩 당하는 현상이거니와) 내 가슴과 머리는 온통 남의 다리(수십 개의) 아래 깔려 있다. 그것들을 우므적우므적 겨우 뚫고 일어나서 그냥 어깨에 걸려 있는 몇 개의 남의 다리를 치워 버리고 무거운 김을 배았다.

다리 진열장이었다. 머리와 몸집은 다 어디 갔는지 방 안에 하나도 안 보이고, 다리만 몇 겹씩 포개이고 포개이고 하여 있다. 저편 끝에서 다리가 하나 버드렁거리는가 하면 이편 끝에서는 두 다리가 움질움질하고…… 그것도 송장의 것과 같은 시퍼런 다리를. 이, 사람의 세계를 멀리 떠난 그들에게도 사람과 같이 꿈이 꾸어지는지(냉수 마시는 꿈이라도 꾸는지 모르겠다) 때때로 다리들 틈에서 꿈 소리가 나온다.

아아, 그들도 집에 돌아만 가면 빈약하나마 제나 잘 자리는 넉넉할 것을…….

저편 끝에서 다리가 일여덟 개 들석들석하더니 그 틈으로 머리가 하나 쑥 나오다가 긴 숨을 내어쉬고 도로 다리 속으로 스러진다.

이것을 어렴풋이 본 뒤에 나도 자려고 맥난 몸을 남의 다리에 기대었다.

◆

아침 세수를 할 때마다 깨닫는 것은, 나는 결코 파래지 않았다는 것이었다. 부었는지 살졌는지는 모르지만, 하루 종일 더위에 녹고 밤새도록 졸음과 땀에게 괴로움받은 얼굴을 상쾌한 찬물로 씻을 때마다 깨닫는 바가 이것이다. 거울이 없으니 내 얼굴은 알 수 없고 남의 얼굴은 점진적이니 모르지만 미끄러운 땀을 씻고 보등보등한 뺨을 만져 볼 때마다 나는 결코 파래지 않았다는 것을 깨닫는다. 그리고 이 세수 뒤의 두세 시간이 우리의 살림 가운데는 그중 값이 있는 살림이며 그중 사람 비슷한 살림이었다. 이때뿐이 눈에는 빛이 있고 얼굴에는 산 사람의 기운이 있었다. 심지어는 머리도 얼마간 동작하며 혹은 농담을 하는 사람까지 생기게 된다. (단 몇 시간만) 지나면 모든 신경은 마비되고 머리를 늘이고 떠도 보지를 못하는 눈을 지리 감고 끓는 기름과 같이 숨을 헐떡거릴 사람과 이 사람들 새에는 너무 간격이 있었다.

"이따는 또 더워질 테지요?"

나는 곁엣사람에게 이렇게 말하였다.

"더워요? 덥긴 왜 더워? 이것 보구려. 오히려 추운 편인데……"

그는 엄청스럽게 몸을 떨어 본 뒤에 웃는다.

아직 아침은 서늘할 유월 중순이었다. 캘린더가 없으니 날짜는 똑똑히 모르되 음력 단오를 좀 지난 때였었다. 하루 종일 받은 더위를 모두 방산한 아침은 얼마간 서늘하였다.

"노형, 어제 공판 갔댔디요?"

이렇게 나는 그 사람에게 물었다.

"예."

"바깥 형편이 어떻습니까?"

"형편꺼정이야 알겠소? 거저 포플러두 새파 랗구, 구름도 세차게 날아다니구, 다 산 것 같습 디다. 땅바닥꺼정 움직이는 것 같구. 사람들두 모두 상판이 시커먼 것이 우리 보기에는 도둑놈 관상입디다."

"그것을 한번 봤으면……."

나는 한숨을 쉬었다. 삼월 그믐 아직 두꺼운 솜옷을 입고야 지낼 때에 여기를 들어온 나는 포 플러가 푸른빛이었는지 녹빛이었는지 똑똑히 모른다.

"노형두 수일 공판 가겠디요."

"글쎄 언제 한번은 갈 테지요. 그런데 좋은 소 식은 못 들었소?"

"글쎄, 어제 이야기한 거같이 쉬 독립된답디 다."

"쉬?"

"한 열흘 있으면 된답디다."

나는 거기에 대꾸를 하려 할 때에 곁방에서 담벽 두드리는 소리가 들렸다. 그것은 ㄱㄴㄷ과 ㅑㅕㅑㅕ를 수로 한 우리의 암호신보暗號信報였다.

"무, 엇, 이, 오."

이렇게 두드렸다.

"좋, 은, 소, 식, 있, 소, 독, 립, 은, 다, 되 었 다. 오."

"어, 디, 서, 들, 었, 소."

"오, 늘, 아, 침, 차, 입, 밥, 에, 편, ㅈ."

여기까지 오던 신호는 뚝 끊어졌다.

"보구려. 내 말이 옳지 않나……."

아까 사람이 자랑스러운 듯이 수군거렸다.

"곁방에서 공판 갈 사람 불러낸다. 오늘은 ……."

"노형, 꼭, 가디."

"글쎄, 꼭 가야겠는데. 사람두 보구, 시퍼런 나무들두 보구, 넓은 데를……."

그러나 우리 방에서는 어제 간수부장에게 매 맞은 그 영감과 그 밖에 영원 맹산 등지 사람 두 셋이 불리어 나갈 뿐, 나는 역시 그 축에서 빠졌다.

　'언제든, 한번 간다.'

　나는 맛없고 골이 나서 속으로 중얼거렸다. 그러나 그 '언제든'이 과연 언제일까. 오늘은 꼭 오늘은 꼭 이리하여 석 달을 밀려온 나였다. '영구'와 같이 생각되는 석 달을 매일 아침마다 공판 가기를 기다리면서 지내 온 나였었다. '언제 한때'란 과연 언제일까? 이런 석 달이 열 번 거듭하면 서른 달일 것이다.

　"노형은 또 빠뎄구려."

　"싫으면 그만두라지, 도죽놈들!"

　"이제 한번 안 가리까?"

　"이제? 이제가 대체 언제란 말이오? 십 년을 기다려두 그뿐, 이십 년을 기다려두 그뿐……"

　"그래두 한 번이야 안 가리까?"

"나 죽은 뒤에 말이오?"

나는 그에게까지 성을 내었다.

좀 뒤에 아침밥을 먹을 때까지도 나의 마음은 자못 편치 못하였다. 그것은 바깥 구경할 기회를 빨리 지어 주지 않는 관리에게 대함이람보다, 오히려 공판에 불리어 나가게 된 행복된 사람들에게 대한 무거운 시기에 가까운 것이었다.

◆

점심을 먹고, 비린내 나는 냉수를 한 대접 다 마신 뒤에 매일 간수의 눈을 기어가면서 장난하는 바와 같이, 밥그릇을 당기어서 거기에 아직 붙어 있는 밥알을 모두 뜯어서 이기기 시작하였다. 갑갑하고 답답하고 서로 이야기하는 것을 허락지 않고 공상을 하자 하여도 인전 벌써 재료가 없어진 우리가 가질 수 있는, 다만 하나의

오락이 이것이었다. 때가 묻어서 새까맣게 될 때
는 그 밥알은 한 덩어리의 떡으로 변한다. 그 떡
은, 혹은 개, 혹은 도야지, 때때로는 간수의 모양
으로 빚어져서 마지막에는 변기속으로 들어간
다…….

한참 내 손 속에서 움직이던 떡덩이는, 뿔은
좀 크게 되었지만 한 마리의 얌전한 소가 되어
내 무릎 위에 섰다. 나는 머리를 들었다.

아직 장난에 취하여 몰랐지만 해는 어느덧
또 무르녹이기 시작하였다. 빈대 죽인 피가 여기
저기 묻은 양회담 벽에는 철창 그림자가 똑똑히
그려져 있다. 사르는 듯한 더위는 등지고 있는
창밖에서 등을 탁 치고, 안고 있는 담벽에서 반
사하여 가슴을 탁치고, 곁에 빽빽히 있는 사람
의 열기로 온몸을 썩인다. 게다가 똥오줌 무르녹
은 냄새와, 살 썩은 냄새와 옴약내에, 매일 수없
이 흐르는 땀 썩은 냄새를 합하여, 일종의 독가
스를 이룬 무거운 기체는 방에 가라앉아서 환기

까지 되지 않는다. 우리의 피곤하여 둔하게 된 감각으로도, 넉넉히 깨달을 수 있는 역한 냄새였다.

간수가 가까이 와서 들여다보지 않는 것도 당연한 일이었다.

그러고 보니 생각나거니와 나뿐 아니라 온 사람의 몸에는 종기투성이였다. 가득 차고 일변 증발하는 변기 위에 올라앉아서 뒤를 볼 때마다 역정 나는 독한 습기가 엉덩이에 묻어서, 거기서 생긴 종기를 이와 빈대가 온몸에 퍼져서 종기투성이 아닌 사람이 없었다.

땀은 온몸에 뚝뚝—이라는 것보다, 좔좔 흐른다.

"에—땀"

나는 힘없이 중얼거렸다. 이상한 수수께끼와 같은 일이 있었다. 밥 먹은 뒤에 냉수를 벌컥벌컥 마시면 이삼십 분 뒤에는 그 물이 모두 땀으로 되어 땀구멍으로 솟는다. 폭포와 같다 하여도 좋을 땀이 목과 가슴에서 흘러서, 온몸에 벌레 기어다니는 것같이 그 불쾌함은 말할 수 없다.

그러나 땀을 씻는 사람은 하나도 없다. 손가락 하나라도 움직이면 초열지옥焦熱地獄에라도 떨어질 것같이, 흐르는 땀을 씻으려는 사람도 없다.

'얼핏 진찰감診察監에 보내어다고.'

나의 피곤한 머리는 이렇게 빌었다. 아침에 종기를 핑계 삼아 겨우 빌어서 진찰하러 갈 사람 축에 든 나는, 지금 그것밖에는 바랄 것이 없었다. 시원한 공기와 넓은 자리를(다만 일이십 분 동안이라도) 맛보는 것은 여간한 돈이나 명예와는 바꿀 수 없는 귀중한 것이었다. 그것뿐 아니라, 입감 이래로 안부는커녕 어느 감방에 있는지도 모르는 아우의 소식도 알는지도 모르겠다.

즉 뜻하지 않게 눈에 떠오른 것은 집엣일이었다. 희다 못하여 노랗게까지 보이는 햇빛에 반사

하는 양회담 벽에 먼저 담배와 냉수가 떠오르고 나의 넓은 자리가(처음 순간에는 어렴풋하였지만) 똑똑히 나타났다. (어찌하여 고런 조그만 일까지 똑똑히 보였던지 아직껏 이상하게 생각하거니와) 파리만 한 마리, 성냥갑에서 담뱃갑으로 도로 성냥갑으로 왔다 갔다 한다.

"쌍!"

나는 뜨거운 기운을 배앝았다.

"파리까지 자유로 날아다닌다."

성내려야 성낼 용기까지 없어진 머리로 억지로 성을 내고, 눈에서 그 그림자를 지워 버리려 하였다. 그러나 담배와 냉수는 곧 없어졌지만 성가신 파리는 끝끝내 떨어지지를 않았다.

나는 손을 들어서(마치 그 파리를 날리려는 것같이) 두어 번 얼굴을 부친 뒤에 맥없이 아까 만든 소를 쥐었다.

◆

　공기의 맛이 달다고는, 참으로 경험해 보지 못한 사람은 뜻도 못 할 일일 것이다. 역한 냄새 나는 뜨거운 기운을 배앝고 달고 맑은 새 공기를 들이마시는 처음 순간에는, 기절할 듯이 기뻤다.

　서늘한 좋은 일기였다. 아까는 참말로 더웠는 지 더웠으면 그 더위는 어디로 갔는지, 진찰감으로 가는 동안 오히려 춥다 하여도 좋을 만치 서늘하였다.

　그러나 그보다도 더 기쁜 것은 거기서 아우를 만난 일이 있었다.

　"어느 방에 있니?"

　나는 머리를 간수에게 향한 대로 조그만 소리로 물었다.

　"사四감 이二방에."

　나는 좀 있다가 또 물었다.

　"몇 사람씩이나 있니? 덥지?"

"모두덜 살이 뚱뚱 부었어······."

"도죽놈들. 우리 방엔 사십여 인이 있다. 몸뚱이가 모두 썩는다. 집에 오히려 널거서 걱정인 자리가 있건만, 너 그새 앓지나 않았니?"

"감옥에선 앓을래야 병이 안 나 더워서 골치만 쓰다······."

"어떻게 여기(진찰감) 나왔니?"

"배 아프다구 거짓부리하구······."

"난 종처투성이다. 이것 봐라."

하면서 나는 바지를 걷고 푸릿푸릿한 종기를 내어놓았다.

"그런데 너희 방에 옴쟁이는 없니?"

"왜 없어······."

그는 누구도 옴쟁이고 누구도 옴쟁이고, 알이름 모를 이름하여 한 일여덟 사람 부른다.

"그런데 집에서 면회는 왜 안오는디······."

"글쎄 말이다. 모두들 죽었는지······."

문득 아직껏 생각도 하여 보지 않은 일이 머

리에 떠오른다.

석 달 동안을 바깥 사람이라고는 간수들밖에는 보지 못한 우리에게는 바깥이 어떤 형편인지는 모를 지경이었다. 간혹 재판소에 갔다 오는 사람도 있기는 하지만, 거기 다니는 길은 야외라 성 안은 아직 우리가 여기 들어올 때와 같이 음음한 기운이 시가를 두르고 상점은 모두 철전鐵錢을 하고 있는지, 혹은 전과 같이 거리에는 흥정이 있고 집 안에는 웃음소리가 터지며 예배당에는 결혼하는 패도 있으며 사람들은 석 달 전에 일어난 그 사건을 거반 잊고 있는지 보기는커녕 알지도 못할 일이었다. 일가나 친척의 소소한 일은 더구나 모를 일이었다.

"다 무슨 변이 생겼나 보다."

"그래두 어제 공판 갔던 사람이 재판소 앞에서 맏형을 봤다는데……"

아우는 근심스러운 얼굴로 이렇게 말하였다. 그러나 그 아우의 마지막 '봤다는데'라는 말과

함께,

"천십칠 호!"

하고 고함치는 소리가 귀에 울리었다. 그것은
내 번호였다.

"네!"

"딘찰."

나는 빨리 일어서서 의사의 앞으로 갔다.

"오데가 아파?"

"여기요."

하고 나는 바지를 벗었다. 의사는 내가 내려
놓은 엉덩이와 넓적다리를 얼핏 들여다보고, 요
만 것을……. 하는 듯한 얼굴로 말 없이 간호수
에게 내어맡긴다. 거기서 껍진껍진한 고약을 받
아서 되는 대로 쥐어바르고 이번은 진찰 끝난 사
람 축에 앉았다.

이때에 아우는 자기 곁에 앉은 사람과(나 앉은
데까지 들리도록) 무슨 이야기를 둥둥 하고 있었다.

나는 깜짝 놀라서 간수를 보았다. 간수는 아

우를 주목하는 모양이었다.

나는 기지개를 하는 듯이 손을 들었다. 아우는 못 보았다. 이번은 크게 기침을 하였다. 그러나 그는 못 들은 모양이었다. 가슴이 떨리기 시작하였다.

'알귀야 할 터인데.'

몸을 움즉움즉하여 보았지만 그는 이야기에 정신이 팔려서 그냥 그치지 않고 하다가 간수가 두어 걸음 자기에게 가까이 올 때야 처음으로 정신을 차리고 시치미를 떼었다. 그러나 간수는 용서하지 않았다.

채찍의 날카로운 소리가 한번 나는 순간 아우는 어깨에 손을대고 쓰러졌다.

피와 열이 한꺼번에 솟아올라 나는 눈이 아득하여졌다.

좀 있다가 감방으로 돌아올 때에 빨리 곁눈으로 아우를 보니, 나를 보내는 그의 눈에는 눈물이 가득하여 있었다. 무엇이 어리고 순결한 그의 눈에 눈물을 고이게 하였나?

나는 바라고 또 바라던 달고 맑은 공기를 맛보기는 맛보았지만, 이를 맛보기 전보다 더 어둡고 무거운 머리를 가지고 감방으로 돌아오게 되었다.

◆

저녁을 먹은 뒤에 더위에 쓰러져 있던 나는 아직 내어가지 않은 밥그릇에서 젓가락을 꺼내어 손수건 좌우편 끝을 조금씩 감아서 부채와 같이 만들어서 부쳐 보았다. 훈훈하고 냄새 나는 바람이 땀 위를 살짝 스쳐서, 그래도 조금의 서늘함을 맛볼 수가 있었다. 이만 지혜가 어찌하여 아직 안 났던고. 나는 정신 잃은 사람같이 팔을 둘렀다. 이 감방 안에서는 처음의, 냄새는 나지만 약간의 바람이 벌레 기어다니는 것같이 흐르던 가슴의 땀을 증발시키느라고 꿀 같은 냉미를 준다. 천장에 딱 붙은 전등이 켜졌다. 그러나 더위는 줄지 않았다. 손수건의 부채는 온 방 안이 흉내 내어 나의 뒤엣사람으로 말미암아 등도 부쳐졌다. 썩어진 공기가 움직인다.

그러나 우리들의 부채질은 재판소에서 돌아오는 사람들 때문에 중지되지 않을 수가 없었다. 우리 방에서 나갔던 서너 사람도 돌아왔다. 영원 영감도 송장 같은 얼굴로 돌아왔다.

나는 간수가 돌아간 뒤에 머리는 앞으로 향한 대로 손으로 영감을 찾았다.

"형편 어떻습니까?"

"모르갔소"

"판결은 어찌 되었소?"

영감은 대답이 없었다. 그의 입은 바늘로 호라매지나 않았나? 그러나 한참 뒤에 그는 겨우 대답하였다. 그의 목소리는 대단히 떨렸다.

"태형笞刑 구십 도랍니다."

"거 잘됐구려! 이제 사흘 뒤에는, 담배두 먹구, 바람두 쏘이구…… 난 언제나…….."

"여보! 잘돼시요? 무어이 잘된단 말이요? 나이 칠십 줄에 들어서서 태 맞으면—말하기두 싫소. 난 아직 죽긴 싫어! 공소했쉐다!"

그는 벌컥 성을 내어 내게 달려들었다. 그러나 그의 말을 들은 뒤의 내 성도 그에게 지지를 않았다.

"여보! 시끄럽소. 노망했소? 당신은 당신이 죽겠다구 걱정하지만, 그래 당신만 사람이란 말이오? 이 방 사십여 인이 당신 하나 나가면 그만큼 자리가 넓어지는 건 생각지 않소? 아들 둘 다 총 맞아 죽은 다음에 뒤상 하나 살아 있으면 무얼 해? 여보!"

나는 곁에 있는 다른 사람들에게 향하였다.

"여게 태형 언도를 공소한 사람이 있답니다."

나는 이상한 소리로 껄껄 웃었다.

다른 사람들도 영감을 용서치 않았다. 노망

하였다. 바보로다. 제 몸만 생각한다. 내어쫓아
라. 여러 가지의 폄이 일어났다.

영감은 대답이 없었다. 길게 쉬이는 한숨만
우리의 귀에 들렸다. 우리들도 한참 비웃은 뒤에
는 기진하여 잠잠하였다. 무겁고 괴로운 침묵만
흘렀다.

바깥은 어느덧 어두워졌다. 대동강 빛과 같은
하늘은 온 세상을 덮었다. 그 밑에서 더위와 목
마름에 미칠 듯한 우리들은 아무 말 없이 앉아
있었다. 우리들의 입은 모두 바늘로 호라매우지
나 않았나.

그러나 한참 뒤에 마침내 영감이 나를 찾는
소리가 겨우 침묵을 깨뜨렸다.

"여보."

"왜 그러오?"

"그럼 어떡하란 말이요?"

"이제라두 공소를 취하해야지!"

영감은 또 먹먹하였다. 그러나 좀 뒤에 그는

다시 나를 찾았다.

"노형 말이 옳소. 내 아들 두 놈은 정녕코 다 죽었쉐다. 난 나 혼자 이제 살아서 무얼 하겠소? 취하하게 해주소."

"진작 그럴 게지. 그럼 간수 부릅니다."

"그래 주소."

영감은 떨리는 소리로 말하였다.

나는 패통을 쳤다. 간수는 왔다. 내가 통역을 서서 그의 뜻(이라는 것보다 우리의 뜻)을 말하매 간수는 시끄러운 듯이 영감을 끄을어내 갔다.

자리에 돌아올 때에 방 안 사람들의 얼굴을 보니, 그들의 얼굴에는 자리가 좀 넓어졌다는 기쁨이 빛나고 있었다.

◆

모깡, 이것은 우리가 십여 일 만에 한 번씩 가

질 수 있는 우리의 가장 큰 행복이다.

"모깡!"

간수의 호령이 들릴 때에 우리들은 줄을 지어서 뛰어나갔다. 뜨거운 해에 쪼인 시멘트 길은 석 달 동안을 쉰 우리의 발에는 무섭게 뜨거웠다. 그러나 그것은 우리의 즐거움의 하나였었다. 우리는 그 길을 건너서 목욕통 있는 데로 가서 옷을 벗어 던지고, 반고형半固形이라 하여도 좋을 꺼룩한 목욕물에 뛰어 들어갔다.

무엇이라고 형용할 수 없는 즐거움이었다. 곧 곁에는 수도가 있다. 거기서는 어쨌든 맑은 물이 나온다. 그것은 우리들의 머리에서 한때도 떠나 보지 못한 '달콤한 냉수'였다. 잠깐 목욕통 속에서 덤빈 나는 수도로 나와서 코끼리와 같이 물을 먹었다.

바깥에는 여러 복역수들이 일을 하고 있었다. 그것도 (갑갑함에 겨운) 우리들에게는 부러움의 푯대였다. 그들은 마음대로 바람을 쏘일 수가 있었다. 목마르면 간수의 허락을 듣고 물을 먹을 수가 있다. 뿐만 아니라, 그들에게는 갑갑함이 없었다.

즉, 어느덧 그치라는 간수의 호령이 울렸다. 우리의 이십 초 동안의 목욕은 이에 끝났다. 우리는(매를 맞지 않으려고) 시간을 유여치 않고 빨리 옷을 입은 뒤에 간수를 따라서 감방으로 돌아왔다.

꼭 가장 더울 시각이었다. 문을 닫는 다음 순간, 우리는 벌써 더위 속에 파묻혔다. 더위는 즐거움 뒤의 복수라는 듯이 용서없이 우리를 내려 쪼인다.

"벌써 덥다!"

나는 혼자말로 중얼거렸다.

"매를 맞구라두 좀더 있을걸……"

누가 이렇게 말한다. 서너 사람의 웃음 비슷한 소리가 들렸다. 그러나 그 뒤에는 먹먹하였다. 몇 시간 동안의 침묵이 연속되었다.

우리는 무서운 소리에 화닥닥 놀랐다. 그것은 단말마의 부르짖음이었다.

"히도쓰(하나), 후다쓰(둘)."

간수의 헤어 나가는 소리와 함께,

"아이구 죽겠다, 아이구, 아이구!"

부르짖는 소리가 우리의 더위에 마비된 귀를 찔렀다. 우리는 더위를 잊고 모두들 머리를 들었다. 우리의 몸은 한결같이 떨렸다. 그것은 태 맞는 사람의 부르짖음이었다.

서른까지 헨 뒤에 간수의 소리는 없어지고 태 맞은 사람의 앓는 소리만 처량히 우리의 귀에 들렸다.

둘째 사람이 태형대에 올라간 모양이다.

"히도쓰."

하는 간수의 소리에 연한 것은,

"아유!"

하는 기운 없는 외마디의 부르짖음이었다.

"후다쓰."

"아유!"

"미쓰(셋)."

"아유!"

우리는 그 소리의 주인을 알았다. 그것은 어젯밤 우리가 내어 쫓은 그 영원 영감이었다. 쓰린 매를 맞으면서도 우렁찬 신음을 할 기운도 없이 '아유!' 외마디의 소리로 부르짖는 것은 우리가 억지로 매를 맞게 한, 그 영감이었다.

"요쓰(넷)."

"아유!"

"이쓰쓰(다섯)."

"후—"

나는 저절로 목이 늘어지는 것을 깨달았다. 나의 머리에는 어젯밤 그가 이 방에서 끌려 나갈 때의 꼴이 떠올랐다.

"칠십 줄에 든 늙은이가 태 맞구 살길 바라갔소? 난 아무캐되든 노형들이나……."

그는 이 말을 채 맺지 못하고 초연히 간수에게 끌려 나갔다.

그리고 그를 내어쫓은 장본인은 이 나였었다.

나의 머리는 더욱 숙여졌다. 멀거니 뜬 눈에서는 눈물이 나오려 하였다. 나는 그것을 막으려고 눈을 힘껏 감았다. 힘 있게 닫긴 눈은 떨렸다.